:: 티베트 여행 에세이

나를 달뜨게 했던 그날의

여명

박동식 글·사진

북하우스

서문

늦은 밤이었다. 택시에서는 전설적인 록그룹의 노래가 흘러나오고 있었다.

내 생의 사랑, 날 떠나지 말아요
그대 그 사랑이 내게 어떤 의미인지도 모르잖아요

뜻밖에 듣게 된 [Love Of My Life]는 12월의 안개비처럼 가슴을 저리게 했고 술기운이 오른 동승자는 기분이 고조되어 100위안의 택시비를 선불로 지급했다. 스피커에서는 날 떠나지 말라는 애절한 절규가 이어졌고 나는 그만 까닭도 없이 서럽게 울고 말았다. 나는 그 순간, 왜 모든 것이 부질없다는 생각을 했던 것일까.

남다른 선곡 감성을 갖고 있던 여자 운전기사는 목적지를 코앞에 두고도 라싸 시내를 빙글빙글 돌았다.

"몇 분이면 올 수 있는 거리지만 100위안에 대한 보답으로 먼 길로 돌아왔습니다. 음악을 좋아하시는 것 같아서⋯⋯."

이 여행의 모든 날이 지나고 내일이면 서울로 돌아가는 라싸의 마지막 밤이었다. 진실성 가득한 그녀의 인사가 버려진 휴지처럼 어둠 저쪽으로 밀려나갔고 나는 퉁퉁 부운 눈으로 라싸의 밤길을 걸었다. 모든 여행을 마치고도 여전히 길 위에 서 있는 자신이 한없이 가엾기도 했지만 위로 받을 일은 아니라고 생각했다. 나는 두려움을 모른 채 늘 가지 않은 길을 궁금해했고, 그 결과 내 생활은 일상과 여행, 어디에도 머물지 못하고 모호한 위치에 남게 되었으니 모든 것이 스스로의 책임이기 때문이다.

여행이 반복되면서 깨달은 것은 하나다. 여행은 삶을 변화시켜주는 도구가 아니라는 것. 만약 여행이 사람을 성숙시켜줄 수 있다면 세상의 모든 여행자는 지금쯤 성인이 되어 있을 것이다. 그러나 아쉽게도 여행은 한낱 기호식품에 불과할 뿐이고 여행자는 그저 길 위를 서성이는 사람일 뿐이다. 그럼에도 불구하고 내가 여행을 떠나는 이유는 길 위에 있을 때 가장 행복하기 때문이다. 나의 발걸음이 낯선 곳에 있을 때 나는 가장 편안하다. 어쩔 수 없는 숙명이다.

이제 여행은 끝났다. 남은 눈물을 훔치며 그렇게 생각했다. 굶주린 짐승처럼 쓸쓸함을 찾아 헤매고 평생 돌아오지 않을 것처럼 길을 나서지만 나에게 남는 것은 늘 도시의 한 귀퉁이다. 이제 안락과 평온의 시간은 지났으며 다시 배낭을 풀고 나를 다독여야 할 때이다. 나는 언제나 덧없는 것들을 열망했고 가지 않은 길에 대해 열병을 앓았으니 이제 잠시 휴식이 필요할지도 모른다.

타박타박 라싸의 남은 밤길을 걷는 사이, 침묵으로 일관하던 하늘이 일제히 꿈틀대면서 빗방울이 떨어지기 시작했다. 나는 비가림도 없이 골목을 걸었고 이 여행의 마지막 날은 조용히 눈을 감기 시작했다.

밤마다 새로운 달이 뜨는 동네, 신월동에서
박동식

라싸를 향하여

카일라스를
향하여

페와 호수네팔의 전원도시 포카라에 있는 호수에서 2인용 나룻배를 띄워놓고 노를 젓고 있을 때였다. 하늘은 당당했고 호수는 잔잔했다.

"라싸에 가보셨나요?"

마주 앉은 누군가 그렇게 물었고 나는 속으로 이렇게 생각했다. NASA? 그건 미국 아니야?

"세상에 남은 마지막 낙원이래요."

그는 아직 가보지 않은 여행지에 대해서 설화 같은 꿈을 품고 있었다. 그의 설명에 의하면 라싸는 문명과 동떨어진 미지의 세계 같은 곳이었다. 욕심도 없고, 이기심도 없으며, 불신 따위도 없는 곳. 그곳은 오로지 따뜻한 시선과 사려 깊은 배려, 모든 인간이 존중받는 평등만이 존재하는 무릉도원 같은 곳이었다. 이후 라싸는 나에게 언젠가는 가봐야 할 여행지로 남게 되었고 세월은 어느덧 10년이 흘렀다.

라싸로 향하는 내내 10년 전 페와 호수에서 느꼈던 안위와 흥분, 설렘들이 내 주변을 맴돌았다. 그 길을 갔던 모든 사람들이 끝내 사랑하지 않을 수 없었던 길. 라싸로 가는 길은, 결코 지워지지 않는 문신처럼 진하고도 깊었다.

라싸를
향하여

Tibet

오래된 로그인

너에게 보낸 메일이 자꾸만 되돌아온다. 그래도 포기하지 않고 또 한 번의 메일을 보내본다. 이번 메일만은 되돌아오지 않기를 바라는 마음으로. 우리가 기다리는 것은 리턴메일이 아니고 바로 너의 귀향이니까.

새벽 5시 20분. 우리는 배낭을 메고 아직 깨어나지 않은 새벽길을 걸었다. 겨울 없는 나라라고는 하지만 12월의 카트만두^{네팔의 수도} 새벽은 제법 추웠다. 디자로 꺾어진 골목을 벗어나 촉수 낮은 가로등 밑을 지나면서 녀석이 말했다. 무스탕^{네팔 중북부에 위치한 고원과 협곡 지역}에서 돌아오면 나에게 곧바로 메일을 쓰겠다고. 나도 티베트에서 돌아오는 대로 녀석에게 메일을 보내기로 했다.

녀석을 알게 된 것은 카트만두의 한 숙소에서였다. 우리는 여러 명이 함께 방을 쓰는 다인실의 가난한 여행자였다. 처음 며칠 동안은 아침저녁으로 인사

10

만 나누다가 어느 날 오후 우리는 '창'이라는 네팔식 막걸리를 마시기 위해 간판도 없는 작은 선술집으로 향했다. 겨우 서너 평이나 될 듯싶은 공간에 테이블이 세 개나 들어서 있었고 찬장에 진열된 몇 병의 맥주는 뽀얗게 먼지를 뒤집어쓰고 있었다. 현지인이 아니고는 그 누구도 찾아들어오지 못할 것 같은 막다른 골목 안이었음에도 가게 앞에는 손으로 쓴 '셸파 ○○○의 집'이라는 어설픈 한글 글귀가 붙어 있었다. 녀석은 이미 여러 차례 이 가게를 찾았던 것으로 보였다. 그날 우리는 계란을 넣은 네팔 라면 하나를 안주로 시켜놓고 여러 잔의 창을 마셨다.

　녀석은 나와 동갑, 그 지겨운 백말띠였다. 그날 알았다. 녀석도 나처럼 고단한 삶을 살고 있다는 것을. 이렇게 떠돌아다닌 지 7년이라고 했다. 다시는 나오지 않겠다는 굳은 다짐으로 서울로 돌아갔지만, 늘 3개월을 버티지 못하고 다시 떠나야 했다던 역마살. 산이 보고 싶었단다. 어느 날 문득, 미치도록 산이 보고 싶어 견딜 수가 없었단다. 그래서 네팔로 왔다는 녀석은 그러나 이번만은 정말 마지막이라고 했다. 마지막으로 딱 한 번만 산을 보고 서울로 돌아갈 것이고, 서울로 돌아간 후에는 여행은 잊은 채 어디에든 마음 둘 곳을 정하고 정착할 것이라고 했다. 결국 녀석이 네팔에 온 이유는 산에 가기 위해서였다.

　내가 네팔에 간 이유는 티베트에 가기 위해서였다. 그러나 나의 티베트 행은 예상치 못했던 문제들을 안고 있었다. 일관성 없는 중국 정부는 여행자가 티베트에 갈 수 있도록 허락하는 대신 라싸에 단 이틀만 머물 것을 강요하고 있었다. 그러나 그것은 나에게 허용할 수 없는 조건이었다. 결국 상황이 호전될 때까지 티베트 행을 뒤로 미룰 수밖에 없었고 시간을 벌기 위해 나는 녀석의 에베레스트 트레킹에 동행하게 되었다.

계획에도 없던 일이고 약 한 달이 소요되는 트레킹이었기에 적지 않은 고민이 있었지만 결정을 하고 나니 마음이 홀가분했다. 그리고 어차피 한번 오를 것이라면 세상에서 가장 높은 곳으로 가자, 그렇게 생각했다. 우리는 소풍 전날의 아이들처럼 흥분을 감추지 못한 채 트레킹에 필요한 옷가지와 약간의 장비, 어설픈 비상식량과 지도 등을 구입하는 데 이틀의 시간을 보냈다.

그러나 우리 둘의 트레킹 능력은 너무도 달랐다. 녀석의 발걸음은 다람쥐처럼 빨랐지만 나의 산행 능력은 녀석의 70%에도 못 미치는 것 같았고 더욱이 간간이 사진까지 찍어야 했기 때문에 우리가 함께 산을 오르는 것은 불가능한 일이었다. 점심을 먹고 휴식 없이 출발하는 것과 녀석보다 좀더 늦은 시간까지 산을 오르는 것으로 보조를 맞추려고 했지만 우리는 트레킹 기간 내내 헤어짐과 만남을 반복해야만 했다. 3,500m 작은 마을 남체에 내가 도착한 것은 카트만두를 떠난 지 일주일 만이었고 나보다 하루 먼저 도착한 녀석은 동구 밖까지 나와서 나를 기다리고 있었다.

"임마, 이제 왔냐."

녀석은 그렇게 말했던가.

"언제 올지 알고 기다렸어?"

설마 자신보다 이틀이나 늦지는 않을 것이란 확신이 있었다고 했다. 이후 우리는 에베레스트를 향해 함께 갈 수 있었다. 어차피 그곳부터는 하루에 500m 이상 고도를 높이는 것은 위험한 일이었기 때문이다. 그러나 3,500m가 넘으면서 나는 예상하지 못한 고산병에 시달리기 시작했고 설상가상으로 Giadia라는 기생충에 감염되어 점액질에 가까운 설사와 식욕부진, 복부 팽만 등과 맞닥뜨리며 너무도 힘든 길을 가야만 했다. 고산병 증세인 두통도 고통스런 일이었지만 그보다 더 무서웠던 것은 복부 팽만이었다. 고산병과 기생충 때문에 그때부터 내가 먹은 알약만도 수십 알이 넘었다. 녀석은 산에 대한 경험이 풍부했고 산에서 발생할 수 있는 질병에 대한 지식도 해박했다. 때문에 카트만두를 떠날 때, 나는 기껏 두통약만 준비했었지만 녀석은 기생충에 관련한 약까지 준비했었다. 그리고 녀석이 구입하는 약이 어떤 약인지도 모르는 나에게 그 약이 나를 위해 준비하는 약들이라고 농담처럼 말했었다.

다행히 녀석이 갖고 있던 약을 통해 기생충 감염 증세는 며칠이 지나면서 사라졌지만 고산병으로 인한 두통은 끝내 나의 발목을 잡고 말았다. 마지막 베이스캠프를 코앞에 둔 날 저녁 나의 두통은 상상을 초월하는 수준이었다. 솔직히 그날 저녁 나는, 오늘 내가 죽을 수도 있다고 생각했다. 너무도 고통스런 두통을 감당하지 못한 채 송장처럼 누워서 눈물만 흘렸다. 베개 위에 수건을 깔아야 할 정도로 눈물을 흘리면서도 나는 순간순간 정신을 잃고 있었고 그것은 분명 잠이 드는 것과는 달랐다. 이렇게 정신을 놓으면 그렇게 조용히 가는 것이구나, 사람이 이승을 떠날 때 이렇게 떠나는 것이구나, 라는 생각이 들었다. 그토록 두통에 시달리면서도 어느 순간엔가 정신을 놓으면 다시는 눈 뜨지 못하고 영원히 잠들어버릴 것이란 불길한 예감 같은 것이 있었던 것이다. 물론 나는 죽지 않았다. 그러나 사람이 살면서 오늘 내가 죽을지도 모른다는 예감을 갖는 것은 그리 흔한 일이 아니다.

그렇게 날이 밝고 밤새도록 나에게 무슨 일이 있었는지 눈치 채지 못한 녀석

과 마지막 산행을 시작했다. 그러나 그날의 목표 지점이었던 베이스캠프는 고사하고 마지막 휴식처인 고락셉에 도착하기도 전에 나의 상태는 더욱 나빠졌다. 그리고 우리에게는 더 이상 남은 약도 없었다. 이제 위험을 자초하지 말고 산을 내려가야 한다는 것을 녀석도, 나도 깨닫기 시작했다. 베이스캠프를 밟기 위해 열흘이 넘도록 산을 올랐는데 목적지를 불과 3, 4시간 남겨놓고 포기한다는 것은 쉬운 일이 아니었다. 그러나 한 발자국 한 발자국 걸음을 옮길 때마다 두개골이 1cm씩 썰려나가는 것 같은 두통 앞에서 베이스캠프도 소용없는 일이었다. 그래서 우리는 작별했다. 녀석은 위로, 나는 아래로. 하지만 녀석의 모습은 좀처럼 사라지지 않았다. 희박한 산소 때문에 천천히 멀어지는 녀석의 뒷모습은 유영하는 우주인을 닮아 있었다. 카트만두에서 만나자는 약속만 남기고 녀석이 언덕을 넘어 사라진 후, 숨쉬기도 힘든 그곳에 주저앉아 나는 또 얼마나 울었던가.

　녀석은 나보다 나흘 늦게 카트만두로 돌아왔다. 남체에서 녀석이 나를 기다려 준 것처럼 나는 카트만두의 한 식당에서 매일매일 녀석이 돌아오기를 기다리고 있었다. 고행에 가까웠던 트레킹이 이미 녀석과 나를 질기고도 단단하게 묶어놓았던 것이다. 그러나 우리의 재회는 그리 오래가지 않았다. 우리는 다시 이별을 준비하고 있었다. 나는 트레킹을 다녀온 사이 조금이나마 상황이 호전된 티베트 행을 준비하기 시작했고 녀석은 또 다른 히말라야, 무스탕을 가기 위해 준비하고 있었다.

　그날 새벽은 우리가 카트만두를 떠나는 날이었다. 우리가 헤어졌던 에베레스트에서의 어느 날처럼 나는 티베트로, 녀석은 무스탕으로. 그러나 우리는 약속했다. 누구든 먼저 돌아오는 놈이 서로에게 메일을 보내기로.

날이 밝아오고 있었지만 여전히 추웠다. 나는 국경으로 향하는 여행사 버스를 이용하게 되어 있었고 녀석은 포카라로 떠나는 버스를 타기 위해 터미널로 가야 했다. 녀석은 여행사 마당에 세워진 버스 앞에서, 내가 떠나는 모습을 보고 가겠다며 호주머니에 양손을 찔러 넣은 채 서 있었다. 추위에 떨지 말고 터미널로 가라고 해도 한사코 내가 떠나는 것을 보고 가겠다고 했다. 그러나 나의 버스는 출발 시간을 지키지 못했다. 결국 작은 배낭을 둘러메고 녀석이 먼저 떠났다.

그러나 내가 티베트에서 돌아온 후 보낸 메일을 녀석은 확인하지 않았다. 다시 인도에서 한 달을 보내고 카트만두로 돌아왔을 때 보낸 메일 역시도 여전히 전달되지 않았다. 나중에는 메일들이 되돌아오기 시작했다. 오래도록 확인하지 않은 녀석의 메일함은 광고 메일로 인해서 이미 포화상태였던 것이다. 불길해지기 시작했다. 60일 네팔 비자. 카트만두와 에베레스트에서 소모한 한 달을 감안하면 녀석이 무스탕에서 보낼 수 있는 최대한의 기간은 30일.

하루에도 수십 번씩 입에 담기도 싫은 불길한 생각들이 머릿속을 떠다녔지만, 그때마다 아니겠지, 세상과 연결된 수많은 고리와 단절하고 조용하게 여행하고 싶어 그러는 것이겠지, 지금도 건강하게 세상 어느 구석에선가 여행 잘하고 있겠지, 그렇게 생각했다. 아니, 그러기를 소망했다. 그러나 시간이 지나면서 나의 소망은 힘을 잃어갔으며 결국 녀석의 가족과 접촉을 시도했고 사건의 심각성을 전해야만 했다. 6개월씩 사막과 오지를 돌아다녀도 집에는 전화 한두 번 하는

것으로 끝이었던 녀석의 스타일 때문에 처음 가족들은 사태를 심각하게 받아들이려 하지 않았다. 그러나 그가 무스탕으로 떠난 지 4개월이 지난 상황에서 결국은 녀석의 행방을 찾기 위해 관계기관을 통해 수사를 벌이게 되었다.

그리고 녀석의 메일 주소는 3개월 이상 로그인하지 않았다는 이유로 더 이상 없는 주소가 되어버렸다. 하늘이 무너지는 것 같았고 가슴이 터질 것만 같았다. 녀석과 연결될 수 있는 마지막 통로가 사라진 것 같았기 때문이다. 그 메일 주소만이라도 남아 있으면 어떻게 해서든 녀석을 다시 만날 수 있을 것이라는 어리석은 희망.

서울로 돌아온 후 녀석의 가족을 만났지만 내가 할 수 있는 일은 그리 많지 않았다. 답답한 일이었다. 전산 시설이 낙후된 네팔에서 그의 흔적을 찾는 일도 쉽지 않았다. 그나마 확인된 사항에 의하면 비자를 연장한 흔적도, 국경을 출국한 흔적도 남아 있지 않았다. 하지만 찾아보지 못한 어딘가에 그의 출국 기록이 숨겨져 있기를 바라야 했다.

얼마 후 녀석의 어머니에게서 전화가 걸려왔다. 바람처럼 세상을 떠돌던 녀석은 두 번 다시는 떠나지 않겠다며 어머니와 굳게 약속을 하고는 배낭과 침낭까지 모두 버렸었다고 했다. 그렇게 굳은 결심으로 친구의 즉석김밥 집에서 열심히 일도 했다고 했다. 그러나 어느 날 아침, 새벽 기도를 마치고 돌아왔을 때 녀석은 말도 없이 사라졌다고 했다. 녀석은 한마디 말도 없이 그렇게 떠났던 것이다. 그 누구의 배웅도 없이, 그 어떤 작별 인사도 없이 이른 새벽 혼자 네팔로 떠나왔던 것이다. 그토록 산이 보고 싶었던 것일까. 그토록 히말라야를 밟고 싶었던 것일까.

어머니는 아들이 살아서 돌아오는 것이 아니라 주검만이라도 찾았으면 좋겠다며 끝내 흐느끼기 시작했다. 그리고 그 흐느낌이 통곡이 되어 갈 때쯤, 죽음보다 더 고통스런 것이 실종이 될 수도 있다는 것을 깨달았다. 하지만 그를 아는 우리 모두는 희망을 버리지 않았다. 이렇게 우리 모두를 힘들게 하고는 어느 날 불쑥 나타나서 머리 한번 긁적이고 말겠지. 모든 것을 잊고 싶어 잠시 객기를 부렸다며 고개를 숙이고 용서를 구하겠지. 하지만 아직도 녀석은 돌아오지 않고 있다. 그러나 녀석이 돌아오는 날, 나는 에베레스트에서 녀석에게 했던 약속을 지킬 것이다. 나의 에베레스트 원고가 팔리면 저녁 한번 쏘겠다는 약속. 그날 저녁 녀석이 무엇을 주문하든 나는 카트만두에서 우리가 마셨던 창을 기억하며 막걸리 한 사발을 추가할 것이다. 그리고 우리 모두를 힘들게 한 벌주로 또 한 사발의 막걸리를 권할 것이다. 그날이 올 때까지, 그런 날이 올 때까지 나는 울지 않을 것이다.

아무 것도 없어 아름다워라

티베트 고원 길은 달려도 달려도 같은 모습이었다. 파란 하늘을 병적으로 좋아하는 화가의 작품에서나 봄직한 짙고도 푸른 하늘. 풀 한 포기 제대로 자라지 않는 척박한 민둥산. 어쩌다 나타나는 마른 계곡마저도 잔인하게 얼어버린 그곳에서는 그 어떤 생명체도 생존하기 힘들어 보였다.

나는 우측 창으로 들어오는 강렬한 햇빛에 목덜미가 붉게 타들어가면서도 끝이 없을 것 같은 그 길들을 바라보며 세상에서 가장 아름다운 길이라고 생각했다. 적어도 내가 지났던 수많은 길 중에서는 그보다 아름다운 길을 본 적이 없었기 때문이다.

여행자들의 생리적 현상을 해결하기 위해 우리들의 차량이 길게 뻗은 비포장도로 한복판에 정차했을 때 아주 멀리서 두 명의 청년이 우리를 향해 천천히 걸어왔다. 붉은 실로 머리를 장식한 청년은 티베트 젊은이의 모습을 그대로 간직하고 있었다. 가늘게 찢어진 눈과 과장되게 두드러진 광대뼈. 그리고 보호되지 못한 건조한 피부. 청년은 낯선 여행자들에 대한 호기심을 버리지 못하고 유리창에 머리를 박고는 우리들의 차량 안을 이리저리 기웃거리고 있었다. 아무리 달려도 마을 한 번 만나기 힘든 이 고원 길에서 그들은 무엇을 하고 있던 것일까.

우리는 사막보다 거친 티베트 고원 한복판에 붙박이처럼 서 있는 그들을 뒤로 하고 다시 길을 떠났다. 차량의 뒷문 유리와 지붕에는 스스로 일으킨 흙먼지가 눈처럼 수북하게 쌓여갔다. 그 먼지들은 스스로의 무게를 이기지 못하면 가끔씩 산사태처럼 스르륵 무너져 내리곤 했다. 두 번째 휴식을 취했던 곳에서는 멀리 들판 끝에 점처럼 서 있는 구조물이 인상적이었다. 가이드는 폐허처럼 변한 그 구조물을 가리키며 그것들이 예전 티베트 군사들의 요새였다고 설명했다. 그러나 황량한 고원 한복판에 외롭게 서 있는 토벽은 그것이 아무리 튼튼한 철옹성이었다고 해도 오히려 적들에게 쉽게 고립될 것만 같았다. 그리고 이 넓은 대지에서는 굳이 그 요새를 거치지 않고도 얼마든지 침입이 가능하지 않았을까.

우리는 그곳에서 조랑말이 끄는 마차를 탄 또 한 명의 젊은이를 만났다. 그는 우리들을 역으로 지나쳐 언덕을 향해 가고 있었다. 마을도 밭도 없는 그 길에서 그들은 도대체 어디로 가고 있는 것일까. 수천 미터가 넘는 고개를 몇 개나 넘어도 변화 없이 건조한 황토^{黃土}의 고원은 적막하기 그지없었다. 어쩌다 나타나는 몇 가구의 마을 역시 뽀얀 먼지를 뒤집어쓴 채 납작하게 엎드려 있을 뿐 인적조차 느껴지지 않았다. 인적도 없고 끝도 없는 길 위에서 가끔은 말을 타고 어디론가 향해 가는 사람들. 나는 그들을 만날 때마다 사막에서 방향 감각을 잃

고 헤매다 오아시스라도 만난 사람처럼 그렇게 반가울 수가 없었다. 그러면서도 점점 멀어지는 그들의 뒷모습을 보면서 도대체 그들은 어디로 가고 있는 것인지, 내가 정말 현실 속에서 그들을 만나기나 한 것인지를 끊임없이 의심하곤 했다.

누군가 이 길을 걸어서 여행했다는 이야기를 전해들은 적이 있었다. 쉽지 않은 결정이었을 것이다. 무모할 수도 있었던 일을 실행한 그 청년은 무엇이 얻고 싶었던 것일까. 3개월. 순례길에 오른 티베트인들 속에서 그 긴 걸음걸이를 마치고 라싸로 돌아온 그 여행자는 짐승처럼 울면서 같은 말만 되풀이 했다고 했다.

아무 것도 없었어요! 아무 것도 없었어요! 아무 것도……

누군가의 어깨에 얼굴을 묻고 그토록 서럽게 울었다던 그의 눈물을 이해할 수 있다고 말한다면 그에게 모독일까. 그에게는 몇 개월이 필요했던 이 길을 편하게 차를 타고 이동하는 내가, 감히 그의 퉁퉁 부은 눈을 이해할 수 있을 것 같다고 말해도 용서될 수 있을까. 알 수 없는 일이다. 하지만 그 길은 가진 것이 아무 것도 없음이 얼마나 아름다운지 나에게 가르치고 있었다. 가진 것이 아무 것도 없어 아름다운 길. 나 역시 그 길의 한복판에서 벅찬 감동을 주체하지 못하고 자꾸만 가슴이 풀무질을 하고 있었다. 내가 그 길에서 보았던 것이라고는 흠 없는 하늘의 푸른색과 고원의 황토색. 그리고 누군가의 절규처럼 고원 한복판을 길게 갈라놓은 길뿐이었다. 라싸로 향하는 티베트 고원 길은 그토록 공허했다.

낡아서 버리는 것이 아니고 유행이 지나고 싫증이 나서 버려지는 옷과 1, 2년

이 멀다 하고 교체되는 휴대폰. 서민들 전셋값을 웃도는 자가용이 즐비하고 월급쟁이가 평생 모아도 만질 수 없는 가격의 아파트가 하늘 높은 줄 모르고 들어서는 세상. 집 밖에만 나서면 그런 풍요를 보며 살아야 했던 도시인에게 라싸로 향하는 티베트 고원의 공허함은 아름답다 못해 끝내 서럽기까지 했다.

그저 땅과 하늘과 길만이 존재하는 티베트 고원을 달리면서, 나는 벌써부터 다음 여행을 꿈꾸고 있었다. 여행을 하면서 꼭 다시 와보고 싶다는 미련이나 반드시 다시 찾아오겠다는 다짐 같은 것은 해본 적이 없었다. 그곳이 아무리 아름다워도 나의 가슴속에서는 늘 새로운 여행지에 대한 호기심이 꿈틀대고 있었고 아직 보지 못한 곳들에 대한 그리움이 더 컸기 때문이다.

하지만 히말라야를 넘어왔을지도 모르는 바람이 가볍게 내 뺨을 애무하며 지나가고 있을 때 나는 그런 생각을 했다. 사악한 겨울이 가고 저 척박한 민둥산에 푸른 점박이처럼 몇 포기의 낮은 풀이라도 돋아나는 계절이 오면 꼭 이 길에 다시 서고 싶다고. 내 삶 속에서 그 계절이 몇 번이나 다시 찾아올지는 알 수 없으나 그 계절 중에 어느 한 번만은 이 티베트에서 맞이하고 싶다고. 그것은 다짐이라기보다는 차라리 자기 암시 혹은 꼭 그렇게 되리라는 확신 내지는 믿음 같은 것이었다. 그래서 다시는 올 수 없을지도 모르는 그 길에 서 있는 나에게 아쉬움 같은 것은 없었다. 기약 없는 기다림이라고 해도 나를 잊지 않고 기다려준다면 분명 다시 볼 수 있을 테니까. 우리는 그렇게 두 손을 꼭 잡은, 사람과 사람의 약속처럼 믿음의 눈빛을 주고받았다.

장기將棋

팅그리는 조용하고 소담한 마을이었다. 차선도 없는 도로는 마을 한가운데를 가로지르고 있었고 그 길을 중심으로 몇 십 미터 가량 늘어선 집들이 마을의 전부였다. 야크 가죽을 실은 몇 대의 마차가 서성이고 있었고 몇몇 사람들이 거래를 위해 그 주변을 기웃거렸다.

서둘러 점심을 먹고는 마을 이곳저곳을 살펴보았다. 마을 어귀에서 만난 녀석 하나는 길바닥에 주저앉아 특별할 것도 없어 보이는 나무토막을 만지작거리며 즐거워하고 있었다. 녀석 옆에 놓인 마대자루에는 덩어리 몇 개 정도로 보이는 소량의 가축 배설물이 들어 있었다. 반은 마르고 반은 얼어버린 가축 배설물. 땔감으로 사용할 배설물을 구하기 위해 들판을 뒤지고 다니던 녀석이 잠시 게으름을 피우며 엄한 물건을 장난감 삼아 놀고 있었던 것이다. 친구도 없이 혼자 놀면서도 무척 행복해 보이는 아이의 모습을 보면서 나도 괜히 흐뭇해졌다.

차가운 겨울임에도 한낮의 포근한 햇살을 받은 양지는 봄처럼 따스했다. 그

양지의 어느 담벼락 밑에서는 열댓 살 정도의 남자아이 둘이 장기를 두고 있었다. 슬쩍 판세를 살펴보니 대세는 이미 기울어 있었고 수세에 몰린 아이는 다음 수를 두지 못하고 고민만 하고 있었다. 어깨 너머로 언뜻 보기에도 한두 수 후면 끝날 상황이었다. 승리를 눈앞에 둔 녀석은 기분이 한껏 고조되어 상대를 재촉해 댔다.

그때 길 건너 구멍가게에 손님이 들었고 수세에 몰렸던 녀석은 장기를 잠시 중단한 채 가게로 달려가 손님을 맞았다. 나는 빈자리에 앉아 자리를 비운 녀석 대신 장기 알을 옮겼다. 그러나 졸과 상의 길이 우리와는 조금 달랐다. 졸은 앞으로만 움직일 수 있을 뿐 옆으로는 움직일 수 없었고 상의 길은 田자 모양이었다. 하지만 운이 좋았다. 내가 다 진 게임을 차와 마를 이용해 단 몇 수만에 승패를 뒤엎어버린 것이다. 녀석은 놀라는 눈치였다. 그도 그럴 것이 이미 승패가 결정된 것이나 다름없는 상황에서 단 몇 수만에 역전을 시켰고 더욱이 나는 외국인이 아닌가. 아마 녀석은 장기는 세상에서 자기 마을에만 존재하는 놀이라고 생각할지도 모르는 일이다.

살짝 약이 올라버린 녀석은 한 판 더 두기를 원했다. 장기 알을 새로 배열하고 몇 수를 두지 않을 때 가게로 달려갔던 녀석이 돌아왔고 나는 녀석에게 자리를 양보했다. 더 두어봐야 내 실력이 들통날 것이 뻔한 일이었기 때문이다.

짧은 주소

차량을 고치러 간 기사를 기다리기 위해 식당으로 들어갔다. 가이드는 밥값보다 비싼 버드와이저 캔 맥주를 마시고 있었다. 호주머니에 남아 있는 돈은 6위안^{중국의 화폐 단위. 1위안은 약 130원}, 캔 맥주는 7위안. 우리 차에 동승했던 네팔인이 모자라는 1위안을 내주었다. 티베트 문양이 수놓인 커튼 사이를 비집고 짙은 갈색 탁자 위까지 들어와 있는 햇살을 바라보며 캔을 땄다. 싸한 맥주의 첫 모금이 목젖을 넘어갈 때 창밖에서 딸랑딸랑 소리가 들렸다. 커튼을 살짝 젖혀보니 뿌옇게 달아버린 격자 유리창 너머로 야크 가죽을 가득 싣고 지나가는 마차가 보였다. 말의 머리는 오색실로 장식되어 있었고 마부의 머리는 그들의 전통대로 붉은 실이 감겨 있었다.

그때 그들의 머리에도 실타래가 감겨 있었다. 나는 네팔 카트만두를 떠나 세계의 지붕이라는 에베레스트를 향해 며칠째 걷고 있었고 '주빙'이라는 산골 마을에서 밤을 맞이할 때였다. 숙소 식당 탁자에 앉아 주문한 저녁이 나오기를 기다리고 있을 때 커다란 보따리를 등에 진 두 명의 티베트 청년이 들어왔다. 머리에 두른 실타래를 통해 그들이 티베트인이란 것을 알 수 있었다. 그들의 보따리는 그들의 키보다도 커 보였고 부피는 집 한 채라도 들어갈 듯싶었다. 무게는 그렇다고 치고 그 큰 부피를 등에 지고 다닌다는 것이 신기했다.

처음 그들을 보았을 때는 생필품을 지고 험한 산길을 오르내리며 장사하는 짐꾼 정도로 생각했었다. 그러나 어느 정도 의사소통이 가능하다는 숙소 주인의 통역을 통해 알게 된 사실은, 그들은 해발 3,500m 남체 마을의 장터에서 옷가지를 사서 티베트로 돌아가는 길이라고 했다. 내가 며칠 동안 걸어온 산길과 이틀이나 더 가야 하는 남체의 위치를 생각할 때 그것은 믿기 어려운 일이었다. 그러나 꼬리를 무는 질문들을 통해 더욱 놀라운 사실을 알게 되었다. 그들은 여권이 없으며 따라서 카트만두까지 갔다가 국경을 통해 티베트로 돌아가는 것이 아니었다. 내가 전날 묵었던 '준베시'라는 마을에서 카트만두와는 다른 방향의 길을 통해 히말라야를 넘어간다고 했다. 물론 그 길에는 거대한 히말라야만 있을 뿐 국경은 없다.

마을에 그들 소식이 전해졌는지 몇몇 주민들이 아이들과 함께 찾아와 옷가지들을 살펴보기 시작했고 청년들이 보따리에서 꺼내놓은 옷들은 이내 산더미처럼 부풀었다. 아이들에게 옷을 입혀보던 부모들은 대부분 소매를 한 번 정도 접어서 입을 정도의 옷들을 골랐고 티베트 청년들은 그 자리에서 꽤 여러 벌의 옷을 팔아치웠다. 그들은 이 험한 히말라야를 넘으면서 그렇게 물건을 팔고, 티베트에서 넘어올 때 역시 그곳에서 구입한 물건들로 장사를 하는 모양이었다.

사람들이 돌아간 후 사진을 찍어도 되겠는지 양해를 구했다. 그들을 의자에 앉히고 뷰파인더 너머로 구도를 잡고 있을 때 청년의 귀에 걸린 명주실 귀걸이가 눈에 띄었다. 붉은 구슬 하나가 달린 명주실 귀걸이를 보면서 소박하다기보다는 모던하다는 느낌이 먼저 들었다. 그리고 나도 언젠가는 명주실 귀걸이를 하기 위해서라도 귀를 뚫어보고 싶다는 생각이 들었다.

사진에 대한 이해가 부족했던 그들은 사진을 촬영한 후 곧바로 사진을 달라고 손을 내밀었다. 사진을 보기 위해서는 여러 날이 필요하다는 설명과 함께 사진 발송을 위해 주소를 물었다. 그러나 그들은 주소의 의미를 알지 못했다. 처음에는 숙소 주인과 그들과의 매끄럽지 못한 의사소통 문제라고 생각했다. 하지만 그들은 진정 주소의 의미를 알지 못했다.

사는 곳의 지명을 물었다. '티베트 팅그리'라고 했다. 종이와 볼펜을 내밀고 적어달라고 했다. 청년은 내가 내민 메모장에 기하학적인 문양의 글씨를 또박또박 적기 시작했다. 티베트 문자를 처음 본 것은 아니지만 그 청년의 손글씨는 놀랍도록 매력적이었다. 청년의 메모를 이해할 수는 없었지만 그가 적은 문자는 내가 보았던 문자 중에 가장 독특하고 예술적이었다. 숙소 주인의 딸아이가 그들의 메모를 종이 뒷면에 영어로 옮겨 주었다.

'Chhrign Themging TIBAT KARA'

딸아이는 TIBET를 TIBAT로 적기는 했지만 치링탬징으로 발음되는 청년의 이름을 거의 완벽하게 옮겨 적었다. 하지만 그들에게 카라와 팅그리의 상관관계는 물론이고 '도'나 '군'에 해당하는 행정구역이나 번지수를 묻는 것은 불가능한 일이었다. 히말라야를 넘나들며 보따리 장사를 하는 그들에게 어쩌면 주소 따위는 필요 없는 일인지도 모른다.

과연 그들이 매달마다 각종 세금 고지서와 휴대폰요금, 카드대금청구서 등이 지겹도록 날아드는 우리들의 생활을 이해할 수 있을까. 우편량은 늘었으나 사람들의 소식이 담긴 편지는 오히려 사라지고 고지서들만 가득한 우편함을 그들이 과연 상상할 수 있을까. 내가 그들을 제대로 이해할 수 없는 것처럼 그들 역시 너무도 풍요로워 불편한 우리들의 삶을 이해할 수 없을 것이다.

그들의 커다란 보따리 안에는 잠자리에 필요한 이불까지 들어 있었다. 다음 날 아침, 1층 식당으로 내려갔을 때 그들은 방이 아니라 식당 바닥에서 이제 막 일어나던 참이었다. 내가 볶음밥으로 아침을 먹을 때는 한 푼이라도 아끼기 위해 찐 감자 몇 알로 끼니를 대신했다.

아침을 먹고 다시 산을 올라야 했다. 그들이 먹고살기 위해 오르내리는 히말라야를 나는 돈까지 써가며 오르고 있는 것이다. 피 같은 돈을 쓰는 것도 모자라 생고생을 해가며 산을 오르는 여행자들이 그들에게는 과연 어떤 의미일까.

캔 맥주를 다 마시기도 전에 차량을 고친 기사가 돌아왔다. 우리 모두는 차량에 올랐고 바람 불어 뿌연 먼지 날리는 흙길을 다시 달리기 시작했다. 곧 팅그리의 끝자락이 가물거렸다. 만약 티베트 청년이 무사히 히말라야를 넘었다면 그는 이 마을 어딘가에 있거나 이 마을을 스쳐지나갔을 것이다. 그의 고향이 티베트 팅그리라고 했으므로. 나는 세상에서 가장 짧았던 주소를 생각하며 행여 우리의 인연이 다시 맞닿는 날이 왔으면 좋겠다고 생각했다.

아직은 티베트, 티베트인

영하의 날씨였음에도 숙소에 난방 시설은 없었다. 라체[Lhatse]에 도착하면 따뜻한 물로 샤워를 하겠다는 생각은 한마디로 꿈같은 이야기였다. 차를 마시라고 방에 비치해 준 보온병의 물로 겨우 양치질만 할 수 있었다.

저녁식사를 위해 여행자들이 하나둘 식당에 모여들었다. 하나의 원탁과 세 개의 사각 테이블이 놓여 있는 식당은 오로지 숙박자들만이 이용하는 식당이었다. 테이블의 모양과 크기는 제각각이었지만 오랜 시간 손때가 묻어 있어 고풍스러웠고 의자마다 티베트산 카펫이 깔려 있었다.

텔레비전에서는 마오쩌둥과 덩샤오핑이 등장하는 중국 근대사에 대한 다큐멘터리 프로그램이 방송되고 있었다. 오래된 흑백 화면이 종종 자료화면으로 등장하는 다큐멘터리였고 자국민의 자긍심을 높이기 위한 내용으로 보였다. 방송은 티베트 언어로 더빙을 하고 있었고 종종 자막까지 깔아주었다. 나의 시각이 삐딱했는지는 모르겠지만, 티베트인도 중국인임을 세뇌(?)하기 위한 방송이

란 생각을 떨쳐버릴 수가 없었다.

중국이 무력으로 점령하기 전의 티베트 영토는 광활한 중국 대륙의 4분의 1을 차지할 정도로 넓은 지역이었다. 1965년 지금의 티베트 자치구가 출범할 때 절반의 영토는 이미 인근 칭하이성과 쓰촨성, 윈난성 등에 분할된 후였다.

면적이 넓은 반면 인구가 상대적으로 적다는 사실은 분명 티베트 독립에 커다란 걸림돌로 작용할 것이다. 더욱이 중국 정부의 강력한 이주 정책을 통해서 이미 티베트 영토 내의 경제권은 본토에서 이주해 온 한족들에 의해 좌지우지되고 있는 상황이기에 티베트의 독립은 더욱 요원한 일이 아닐 수 없다. 그 넓은 땅덩어리를 중국이 과연 떼어줄지도 의문이지만 실질적인 주도자 한족들은 독립을 반대할 것이 분명하기 때문이다. 결국 티베트인들은 티베트 내에서조차 변방의 이방인이 되어가고 있는 것이다. 그만큼 독립은 점점 힘겨운 일이 되어가고 시간이 지날수록 짐이 무거워지는 것은 당연한 일이다.

라체의 밤은, 식사를 하고 따뜻한 차를 마시는 것 이외에는 별달리 할 일이 없었다. 구름 하나 없는 낮 시간의 하늘을 기억하며 쏟아질 듯한 별들을 기대했지만 의외로 별들은 찬란하지 않았다. 일찍 잠자리에 들었다. 양치질을 하고 뱉은 물이 금세 얼어버릴 정도로 밤 기온은 낮았지만 다행히 잠은 설치지 않았다. 난방이 없는 대신 침대에는 두터운 솜이불이 하나씩 놓여 있었고, 나는 비어 있는 침대의 이불까지 가져다 덮었기에 아주 따뜻하게 잠들 수 있었다. 추위보다는 오히려 이불이 너무 무거워 압사를 걱정해야 할 판국이었다.

아침 역시 보온병의 물을 세숫대야에 부어 비누칠 없는 고양이 세수를 해야 했고 그나마도 다른 여행자들을 배려해야 했기에 손등도 잠기지 않을 정도의

적은 양으로 세수를 마쳤다. 한 방을 썼던 여행자 세 명이 세수와 양치질을 마치고 모은 물이 세숫대야에 고작 반밖에 차지 않았으니 정말 알뜰한 세면이 아닐 수 없었다.

서양 여행자를 의식한 아침식사 에그버거는 의외로 훌륭했다. 우리가 아침식사에 열중하고 있을 때 창 밖에서 초등학생 녀석이 유리창에 얼굴을 바짝 들이밀고는 실내를 살피기 위해 애쓰고 있었다. 운동복 같은 교복을 입고 책가방을 등에 멘 것을 보면 등교하는 길이 틀림없었다. 처음에는 외국인에 대한 호기심이라고 생각했으나 이내 녀석의 의도를 파악할 수 있었다. 녀석은 누군가 자신을 주시하고 있다는 것을 깨닫고는 의사표시를 하기 시작했다. 손바닥에 뭔가 끼적거리는 시늉을 반복하고 있었던 것이다. 그것은 볼펜이나 그에 준하는 필기구를 달라는 말이었다. 우리 중에 어느 누구도 녀석에게 깊은 관심을 보이는 사람은 없었다.

하지만 창 밖에서 손바닥에 끼적거리는 시늉을 반복하는 녀석을 보면서 조금 우울해졌다. 전날 저녁 텔레비전에서 방송되었던 다큐멘터리가 생각났기 때문이다. 지금 이곳이 중국의 지배를 받고는 있지만 아직은 독립을 꿈꾸는 티베트 땅이다. 그러나 아이가 자라고 어른이 되었을 때도 이곳이 여전히 티베트로 남아 있을지, 어른이 된 녀석에게 너는 누구냐고 묻는다면 그때 그들의 대답이 '티베트인'이 될 수 있을지 의심스러웠기 때문이다. 혹시 중국 정부의 끊임없는 교육을 통해 티베트도 중국에 속해 있는 수많은 소수부족 중에 하나로 남게 되는 것은 아닐까. 물론 그것은 녀석의 몫이다. 아이들이 자라서 독립투사처럼 깃발을 높이 들어야 한다고 말할 수는 없지만 그렇다고 중국의 의도처럼 그저 중국, 중국인이 되어가는 것도 슬픈 일이다.

아침을 먹고 우리는 다시 길을 떠나야 했다. 그러나 아직 연무가 내려앉은 라체를 벗어나면서 그런 소망을 품어보았다. 언젠가는 중국 정부의 비자가 아니라 티베트 정부에서 발행해주는 비자를 받고 이 땅을 밟아보고 싶다는 소망.

사람을 아름답게 하는 것

조명 없이 자연광으로만 이루어진 법당 안은 조금 어두운 듯싶었다. 그 어둠 때문에 26m 높이의 마이트레야^{미륵 보살} 불상을 일일이 감상할 수는 없었지만, 법당 천장 가까이 설치된 창문으로 들어온 은은한 빛으로 인해 자애로운 얼굴 모습만은 제대로 살펴볼 수 있었다.

시가체^{Shigatse}의 타쉴훈포^{Tashilhunpo}는 마을을 연상시킬 정도로 큰 사원이었다. 승려들은 잘 웃어주었고 모두 친절했다. 달라이라마와 함께 티베트 불교에서 중요한 위치를 차지하는 판첸라마^{달라이라마에 버금가는 서열로서, 아미타불의 화신으로 여겨진다}의 거주지이기도 한 타쉴훈포.

열려진 법당 문 밖에서 붉은 승복을 입은 노승이 마당을 쓸고 있었다. 불단 아래서는 야크 기름에 몸을 담근 수십 개의 심지가 타면서 파라핀과는 또 다른 냄새가 피어났다. 노승이 비질한 깨끗한 길을 밟고 들어온 한 순례자 가족은 그들의 전통처럼 하얀 비단^{안녕을 기원하는 의미, 카다라고 불림}을 불상에 바치면서 최고의 경

배를 올렸다. 그들은 두툼하고도 팔이 긴 야크털외투를 걸친 채 끊임없이 마니차^{불경이 새겨진 원통 모양의 기도 도구}를 돌리고 있었다. 나도 순례자들과 함께 불상을 끼고 시계방향으로 돌았다. 법당을 나온 순례자들은 미로처럼 곳곳으로 연결된 골목길을 따라 또 다른 법당을 찾아 사라졌다. 비스듬히 언덕진 길을 올라가는 그들의 뒷모습을 바라보면서 나는 잠시 삐거덕거리는 내 발걸음을 느꼈다.

잠시 계단에 앉았다. 그리고 의문사로 사망한 10대 판첸라마에 대해서 생각했다. 티베트인들은 그들의 전통을 무시하고 중국 정부에 의해서 선택된 10대 판첸라마를 이전 판첸라마의 환생으로 인정하지 않았었다. 그저 중국 정부의 정치적 꼭두각시 정도로만 여겼던 것이다. 그러나 10대 판첸라마는 1956년 라싸에서 봉기가 일어난 직후 티베트인들의 인권보장과 종교의 자유를 요구하는 탄원서를 마오쩌둥에게 보냈고, 마오쩌둥은 달라이라마가 더 이상 티베트의 영적인 지도자가 아니며 조국을 떠난 배신자라는 성명을 발표하면 협상에 임하겠다는 답신을 보내왔다.

그러나 판첸라마는 그 모든 조건을 거부했고 오히려 달라이라마는 여전히 티베트인들의 영원한 지도자임을 선언했다. 결국 그는 구속이 되었고 1978년에야 자유의 몸이 될 수 있었다. 그가 그토록 그리워했던 티베트 땅에 다시 돌아온 것은 그로부터도 8년 후. 그러나 그는 종교 행사를 앞두고 돌연사하고 말았다. 공식적인 사망원인은 심장마비였지만 티베트인들은 그것을 믿으려 하지 않는다. 그는 현재 가장 존경받는 판첸라마 중에 하나이다.

현재 이 타쉴훈포 어딘가에 11대 판첸라마가 거주하고 있다. 그러나 그 역시 1995년 암도 지역에서 여섯 살의 나이로 티베트인들에게 발견된 11대 판첸라마가 아니다. 어린 판첸라마는 세계에서 가장 어린 정치범이라는 타이틀을 안고 중국정부에 의해 본토에 감금되어 있으며 또 다시 중국정부에서 세운 가짜 11대 판첸라마가 이곳에 거주하고 있는 것이다. 그 누구의 존경도 받지 못한 채. 나는 숙소나 식당, 차량의 운전석 그 어디에서도 현재의 판첸라마 사진을 본 적이 없다. 그곳에는 달라이라마를 영적 지도자로 인정한 10대 판첸라마나 북경 어딘가에 감금되어 있을 어린 모습의 11대 판첸라마 사진이 대신하고 있었다.

차갑고도 날카로운 바람이 무릎을 스치고 지나갔다. 나는 자리에서 일어나 순례자 가족이 걸어 올라간 나지막한 골목 언덕을 걸었다. 그늘진 골목이었지만 앞서 사라진 순례자들을 생각하면 낮게 깔린 공기에서 진한 향기를 맡을 수 있었다. 그 향기 속에는 이 길을 걸어갔던 수많은 순례자들의 열망이 내포되어 있을 것이다.

골목을 벗어났을 때 멀찍이 사원 벽면에 일렬로 붙어 서서 해바라기하는 노승들이 보였다. 달에 도착했던 우주인들의 눈에는 오히려 이곳이 달 표면처럼 보였다는 티베트는, 칼날처럼 추운 응달과는 대조적으로 양지는 금세 얼굴이 타들어갈 정도로 강렬하기만 했다. 고원 지대의 겨울은 응달과 양달의 기온차가 너무도 극명했다. 그러고 보니 양지 곳곳에서 오로지 햇볕만 쐬는 일에 열중인 승려들을 쉽게 볼 수 있었다. 추운 겨울, 난방이 되지 않는 그들의 건물 구조 때문일 것이다.

나는 일일이 그 쓰임새를 알 수 없는 수많은 건물들 사이를 돌고 또 돌았다. 길을 잃어서는 아니었다. 순례자들의 발길을 따라가고 싶은 사치스런 이유는

더더욱 아니었다. 나는 몇 년을 준비해서 티베트를 찾아온 여행자일 뿐, 평생을 준비해서 타쉴훈포를 찾은 순례자가 아니기 때문이다. 그들보다 용서받아야 할 것이 많은 낯선 이방인이지만 갈등 없는 그들의 소망들을 그저 조금은 어루만져보고 싶었을 뿐이다.

그렇게 골목골목을 돌아다니다가 외지고 허름한 건물 안으로 들어가게 되었다. 헛간이 연상될 정도로 작고 누추한 건물이었다. 다시 돌아 나오려는데 누군가 나를 불렀다. 아무리 둘러보아도 사람은 보이지 않았다. 조금 열린 창으로 누군가 얼굴을 내밀었다. 코리아를 알지 못하는 사람, 어린 승려였다. 이번에는 맞은편 건물에서 창문이 열렸다. 그들 둘은 나를 사이에 두고 서로 웃었다. 나도 웃었다. 우리가 할 수 있는 유일한 대화. 만나서 반갑고, 당신을 좋아하고, 티베트를 좋아한다는 이야기를 그렇게밖에는 할 수 없었다.

싸늘한 밤이 가고 다시 날이 밝았다. 난 카메라를 들고 거리로 나갔다. 등교하는 아이들만이 누런빛이 깔린 아침을 들썩들썩 깨우고 있었다. 멀리 앙상한 가로수가 길게 늘어선 꼭짓점에 타쉴훈포가 있었다. 그도 아침에서 깨어났겠지. 가짜 판첸라마.

삶은 때로 서 있는 위치보다 용기 있는 자에게 고개를 숙인다. 그에게도 그런 용기가 있으면 좋겠다는 생각이 들었다. 그 누구의 존경도 받지 못하는 판첸라마의 자리에 연연하기보다는, 어린 나이에 감옥에 갇힌 그가 진정한 판첸라마라는 것을 인정하는 용기를 보여주면 얼마나 아름다울까. 10대 판첸라마가 그랬듯이.

하기야 그가 아니어도 세상에는 너무 많은 가짜 판첸라마들이 존재한다. 타쉴훈포가 아름다운 것은 가짜 판첸라마 때문이 아니다. 평생을 준비해서 그곳을 찾은 가난한 순례자들과 자신의 신앙을 지키는 승려들 때문일 것이다.

아침식사 후 두 대의 사륜구동 차량은 전날의 먼지를 털어내며 다시 시내를 가로질러 오늘의 목적지 간체를 향해 출발했다. 멀어지는 시가체, 멀어지는 타쉴훈포. 그러나 삶에서 나의 용기만은 멀어지지 않기를 바랐다. 사람을 아름답게 하는 것은 바로 용기이기 때문이다.

어지럼증

간체^{Gyantse}를 코앞에 두고 우리의 차량은 펑크가 나고 말았다. 그것도 아주 잘 닦인 아스팔트 위에서 말이다. 기사는 펑크 난 타이어를 빼내고는 차체 바닥에 달린 예비 타이어를 풀기 위해 기다란 연장을 볼트에 맞추었다. 그러나 아무리 애를 써도 낡은 볼트는 풀릴 조짐이 보이지 않았다. 모든 남자들이 돌아가며 힘을 써보아도 꿈적 않는 볼트 앞에서 우리는 당황할 수밖에 없었다. 30분 동안 낡을 볼트와 승강이를 벌였지만 소용없는 일이었고 결국은 펑크 난 타이어를 다시 끼워야만 했다.

가이드는 구경 나온 동네 아이에게 뭔가를 지시했고 집으로 달려갔던 아이가 가져온 것은 자전거에 바람을 넣는 펌프였다. 예비 타이어의 볼트가 풀리지 않았을 때보다 더 당황스러웠다. 우리 모두는 자전거용 펌프로 사륜 구동 차량의 타이어에 바람을 넣는 엽기적인 일을 반복했다. 차량의 커다란 타이어는 자전거와 달라서 아주 빠르고 힘 있게 바람을 넣어도 튜브 안으로 들어가는 바람은 얼마 되지 않았고 대부분의 바람은 밖으로 새 나갔다. 추운 날씨임에도 이내 온 몸이 땀에 흠뻑 젖을 정도로 힘이 들었지만 쉬거나 요령을 피울 수도 없었다. 차량이 워낙 무거워 어딘가에 난 구멍으로 바람이 계속 빠지고 있었기 때문이다. 우리는 최대한 빠르게 바람을 넣었고 누군가 지치면 곧바로 다음 사람이 펌프를 이어받아 바람을 넣었다. 그렇게 정신없이 바람을 넣다 보니 그래도 타이어가 어느 정도는 부풀어올랐다.

우리 모두는 급하게 차에 올라탔다. 바람이 다시 빠지기 전에 최대한 빨리 달려서 간체에 도착하는 것이 우리의 목적이었기 때문이다. 도로가 좋은 탓에 10분 만에 간체에 도착했지만 이미 타이어는 털털거리고 있었다. 그러면서 든 생각. 만약 황량한 고원 한복판에서 펑크가 났다면 어찌 되었을까. 풀리지 않는 예비 타이어 앞에서 우리는 얼마나 황당하고 당황스러웠을까.

늦은 점심을 먹은 후 우리는 간체 쿰붐^{Gyantse Kumbum}으로 향했다. 사원 내부는 대부분의 티베트 사원이 그런 것처럼 어두웠지만 800년의 세월을 증명하듯 고풍스러웠다. 화려한 원색 비단으로 치장된 기둥들과 수많은 불상들. 그리고 여러 벽면을 가득 메운 불경들. 가이드는 부챗살 모양으로 접혀 있는 그 불경들이 산스크리트어로 되어 있는 고서들이라고 했다. 가이드가 작은 랜턴을 갖고 있기는 했지만 탱화와 벽화들을 제대로 감상하기에는 부족한 빛이었다.

나는 사원을 나와서 촬영 포인트를 찾기 위해 언덕 위로 올라갔다. 그곳 언덕배기에서 붉은 승복을 널어놓고 마르기를 기다리고 있는 어린 승려를 만났다. 그는 한사코 나의 카메라를 보고는 직접 찍어보고 싶다고 떼를 썼다. 결국 뜻하

지도 않게 그의 동료 스님과 모델이 되어 기념 촬영을 하고 말았다.

간체 쿤붐에서 나와 마을 반대편에 있는 간체 종^{Gyantse Dzong}까지 걸었다. 간체 종은 일종의 성곽이었고 티베트에서 흔하지 않은 비종교적 유적지 중의 하나였다. 조금은 헉헉거리며 올라간 간체 종 정상 직전에서 민간인 복장의 관리인이 표를 팔고 있었다. 입장료 20위안. 나는 왜 그것을 거부했을까. 더 올라가기를 거부하고 그곳에 주저앉아 소담한 마을을 내려다보는 것으로 만족했다. 납작한 지붕과 하얀 회벽. 검은 칠로 포인트를 준 테두리와 원색으로 장식된 창틀. 집집의 담 모퉁이마다 꽂혀 있는 앙상한 나뭇가지에서 바람에 낡아지도록 나부끼고 있는 오방색 깃발.

티베트를 동경했던 나에게는 눈물겹도록 그리운 풍경이지만 내가 살기에 이곳은 너무 외로운 곳이라는 생각이 들었다. 한 번쯤은 이런 풍경 속에서 살아보고 싶었지만 과연 내가 병에 걸리지 않고도 이곳에서 살아낼 수 있을까. 모르긴 몰라도 나는 아마 지독한 외로움을 견디지 못하고 우울증에 시달리다 결국은 버석버석 말라 죽고 말 것이다. 그래서 티베트가 아름다우면서도 한편 나의 약점을 가장 잘 아는 치명적인 바이러스처럼 느껴지기도 했다. 나의 세포 어딘가에 기생하고 있는 약점들을 자극해 나를 그리움에 멍들게 하고 결국 한없이 무너트리고 말 것만 같은 풍경들. 나는 약간의 어지럼증을 느꼈다.

꽃신

꿈을 꾸었다.

아이는 버드나무 잎처럼 가늘게 흐느끼고 있었고

나는 아이의 들썩이는 어깨를 감싸 안은 채 머리카락을 쓰다듬어주었다.

무용복을 곱게 차려입은 아이는 찢어진 신발을 가슴에 품고 말했다.

"내일이 발표하는 날인데……."

몇 달 동안 열심히 연습을 해왔는데

결국 발표하는 전날 한 켤레밖에 없는 신발이 찢어진 것이다.

우리는 마을에서 솜씨가 가장 좋다는 구두 수선 아저씨를 찾아갔다.

그러나 천으로 만들어진 빨간 신을 본 아저씨는

재봉틀집 할머니를 찾아가는 것이 더 좋을 것이라고 말했다.

하지만 돋보기안경 너머로 신발을 살펴본 할머니는

신발이 너무 낡아서 수선할 수가 없다고 했다.

아이는 더욱 낙담했다.

그때 창문 너머로 꽃들이 활짝 핀 들판이 보였다.

나는 아이를 데리고 들판으로 달려갔고

꽃들을 꺾어 신발을 만들기 시작했다.

어류매화로 붉은 색을 내고

사랑초 줄기로 초록을 물들였다.

붓꽃으로 파란 수를 놓고

금시랑 꽃잎으로 노란 금실을 만들어 바느질을 했다.

예쁜 꽃신을 받아든 아이는 토끼처럼 들판을 뛰어다녔다.

다음 날,

점심을 먹기 위해 들른 식당에서 그 신발을 보았다.

손님을 기다리며 식당 문 옆에서 꾸벅꾸벅 졸던 여인은

내가 밤새도록 만든 꽃신을 신고 있었다.

그리고 사원에서도,

법당 안으로 들어간 승려들이 곱게 벗어놓은 신발들은

분명 내가 전날 밤 만든 꽃신을 닮아 있었다.

고운 꽃물을 들이고 정성스럽게 수를 놓았던 꽃신은

내가 꿈에서 보았던 것보다 더 예뻤다.

이 언덕을 넘으면

오늘 오후면 그토록 그리던 라싸에 도착할 것이다. 우리들의 최종 목적지 라싸. 그곳에 도착하기 위해서는 오늘 세 개의 고개를 넘어야 한다. 차량은 간체를 출발한 지 1시간도 되지 않아서 첫 번째 고개에 도착했다. 아직 차가운 아침 기온이 그대로 남은 대지는 조금 음산한 느낌이 들 정도로 고요했고 카메라를 들고 차 문을 열었을 때, 매서운 강풍이 불고 있다는 것을 알았다. 더욱이 아직 해가 높이 솟지 않아 온통 응달이었던 밖의 기온은 생각보다 훨씬 낮았다. 어딘가에 댐을 지어서 생겼다는 푸른 호수 역시도 시각적으로 몸을 움츠리게 만들었다. 양 볼이 금세 얼얼해진 우리는 서둘러 가던 길을 재촉했다.

두 번째 고개 카롤라Kharola에서 우리들은 놀라운 경치를 감상할 수 있었다. 결빙된 미세한 결들이 그대로 보일 정도로 가까운 거리에 빙하가 펼쳐져 있었기 때문이다. 눈이 아니고 만년설이 얼어 결빙된 빙하. 흥분한 우리 모두는 탄성을 질렀고 빙하를 직접 손으로 만져볼 수 있을 것이라는 착각 속에서 빙하를 향해

달려갔다. 그러나 조금만 걸어가면 도착할 것 같았던 빙하는 아무리 걸어도 가까이 다가오지 않았다. 빙하가 펼쳐진 코앞의 산은 7,000m가 넘는 산이었으니 그게 어디 쉽게 다가갈 거리겠는가. 그래도 가까이서 본 빙하의 결정체는 그 어떤 보석보다도 아름다웠고 눈부셨다. 우리의 차량이 정차했던 고개 정상의 표지석에는 5,050m라고 쓰여 있었다.

세 번째 고개를 넘기 전 작은 마을에서 점심을 먹었다. 라싸에 도착하기 전 식사를 할 수 있는 마지막 마을이었다. 식당 안이 너무 추웠기 때문에 우리 모두는 따뜻한 양지에서 점심을 먹기 위해 합심해서 식탁을 밖으로 내왔다.

식사 후 우리의 차량은 마지막 고개를 향해 달리기 시작했다. 그러나 얼마 지나지 않아서 우리의 차량은 다시 서고 말았다. 눈앞에 아름다운 호수 얌드록쵸Yamdroktso가 펼쳐져 있었기 때문이다. 차량은 호수와 가장 가까운 곳에 정차했고 우리는 호숫가로 걸어갔다. 너무도 투명한 호수는 푸른 하늘을 그대로 반영하고 있었고 그 푸른빛과 잔잔함은 도대체 호수의 거리감과 깊이감을 가늠할 수 없게 만들었다. 티베트의 신성한 4대 호수라모 라쵸Lhamo latso, 남쵸Namtso, 마나사로바Manasarova, 얌드록쵸Yamdroktso 중의 하나인 얌드록쵸는 분노한 신들의 안식처라고 일컬어지고 있었지만 여행자의 눈에는 그저 평화로운 호수에 지나지 않았다.

차량은 푸른 하늘을 반영하는 얌드록쵸를 거쳐 다시 마지막 고개인 캄발라Kambala를 향해 달렸다. 구불구불 민둥산 허리를 휘어지며 올라간 차량은 정상에서 멈춰 섰다. 정상에서 맞이하는 바람은 펼쳐진 풍경만큼이나 상쾌했고 이곳에서 내려다보는 얌드록쵸의 모습은 또 다른 경이로움이었다. 얌드록쵸의 물은 흘러들지도 흘러나가지도 않는 정지된 호수라는 이야기를 어디선가 들은 적이

있었다. 그 이야기가 사실이라면 저토록 푸르고 깊은 빛은 도대체 어디에서 오는 것일까. 그 긴 세월이 지나고도 태고의 빛을 잃지 않고 여전히 찬란하고 냉철할 수 있는 비법은 무엇이란 말인가.

그곳 정상에는 한 마리의 야크를 앞세운 노인이 기다리고 있었다. 여행자들을 야크에 올려 태운 후 기념촬영을 시키고 돈을 받는 것이 노인의 일이었다. 야크를 끌고 그 높은 곳까지 올라와야 할 만큼 삶은 노인에게 관대하지 않았던 모양이다. 노인은 야크의 고삐를 끌고 우리 주변을 맴돌았지만 우리 모두는 너무도 냉정하게 야크와의 기념촬영에 관심이 없었다. 오로지 눈앞에 펼쳐진 광활한 풍경과 이제 이 고개를 내려가면 곧 라싸에 도착한다는 기대감에 들떠 있을 뿐이었다. 비수기였으니 지나가는 차가 없는 날이 태반이고, 있다고 해도 라싸로 가는 차와 라싸를 떠나는 차량을 합쳐야 하루에 한두 대에 불과할 것이다. 그나마 이렇게 여행자를 태운 차량이라도 만나면 운이 좋은 날일 터인데 오늘도 노인은 허탕을 치고 빈손으로 언덕을 내려가게 생겼다. 힘겹게 올라와 바람 부는 언덕을 하루 종일 지켜야 하는 삶은 어떤 것일까. 아무런 기약도 없이 수많은 날들이 반복되었을 그 허탈함의 무게는 또 얼마나 되는 것일까. 삶을 말하는 것은 참으로 어려운 일이다. 허탈한 노인의 뒷모습은 상관없이 우리 모두는 눈앞에 펼쳐진 풍경에만 흥분하고 있었으니 말이다.

마지막 고개를 우리는 그렇게 냉정하게 넘었다. 차량은 자꾸 아래로만 내려갔고 이윽고 마지막 검문소를 통과한 후 다시 잘 정비된 도로를 달리기 시작했다. 성스러운 도시 라싸를 향해서.

혹은 불신

라싸를 앞두고 나가체^{Nargartse}에서 마지막 점심을 먹었을 때의 일이다. 그럭저럭 식사를 마쳐갈 무렵, 화장실에 다녀온 독일계 미국 여인이 식당 주인에게 징징대고 있었다. 식당과 동떨어져 있던 화장실이 유료 화장실이었는데 그 사실을 알지 못하고 화장실을 이용한 모양이었다. 그녀는 관리인의 요구를 이해하지 못하는 척 시치미를 떼고는, 식당까지 따라온 그를 가리키며 자신을 죽이려 한다고 엄살을 떨고 있었다. 식당 주인이 이곳 화장실은 유료이기 때문에 돈을 지불해야 한다고 설명하자, 자신은 손님이니까 식당 주인이 대신해서 돈을 지불해야 한다고 주장했다. 당연 식당 주인은 그녀의 요구를 거부했다. 옆에서 끈질기게 돈을 요구하던 화장실 관리인은 긴 실랑이 끝에 이용 요금 1위안을 받아내고 말았다.

문제는 그 다음이었다. 나를 포함한 몇몇이 그 화장실을 이용하고 나오면서 미국 여인이 지불한 금액의 지폐를 내밀었는데 관리인이 난색을 표시하며 거부한 것이다. 말이 통하지는 않았지만 너무 적다는 의사표현은 분명해 보였다. 이용자의 숫자에 따라 정확하게 계산해서 내민 돈을 거부한다는 것은 우리에게도 황당한 일이었다. 나름대로 추리를 해본 결과, 징징대는 그녀에게는 어쩔 수 없이 1위안만 받았지만 원래 화장실 요금은 1위안이 넘는 것이니 우리는 정상 요금을 지불하라는 의사표현으로 해석되었다.

이용 요금이 정확하게 적혀 있지도 않은 시골 마을에서 다른 여행자보다 많은 요금을 지불하는 것 또한 불쾌한 일이었기에 우리 역시 정색을 하며 그의 요구를 거부했다. 어이도 없었고 화도 났다. 우리의 차량은 출발을 준비하고 있었고 그가 나의 말을 이해하든 못하든 나는 이렇게 말했다.

"더 이상의 돈은 줄 수 없으니 이거라도 받든지 말든지 알아서 하세요. 우리는 지금 떠나야 하니까 이거라도 받지 않으면 당신만 손해입니다."

그러나 그는 끝내 받지 않았다. 대단한 고집이었다. 나는 떠나는 차에 올라탔고 차량이 출발하면서 뒤를 돌아보니 창문 너머로 계속해서 투덜대는 그의 모습이 보였다. 우리는 황소 같은 고집을 피우다가 그나마 몇 위안도 놓쳐버린 그를 향해 어리석은 사람이라며 혀를 찼다.

그러나 우리가 중대한 실수를 범했다는 것을 알아차리는 데 그리 오랜 시간이 필요하지 않았다. 그가 받지 않은 지폐를 다른 지폐와 함께 정리를 하는데 뭔가 이상한 점을 발견한 것이다. 아뿔싸. 우리가 내민 지폐는 공교롭게도 1위안이 아닌 1마오였다. 아직 중국 지폐에 익숙하지 않았던 우리들은 위안의 10분의 1의 가치밖에 되지 않는 마오가 있다는 사실조차도 모르고 있었고 1위안을 주려 했던 것이 그만 마오를 내밀고 말았던 것이다. 그저 지폐에 적힌 '1'이란 숫자만 눈에 들어왔던 것이다. 그것을 깨닫는 순간 어찌나 미안하던지 사용료를 지불하기 위해 차를 다시 돌리고 싶은 심정이었다.

그가 1마오와 1위안의 차이를 우리에게 설명할 수 있는 최소한의 영어만 가능했어도 아마 이렇게 미안한 일은 발생하지 않았을 것이다. 그러나 그런 생각이 들었다. 혹시 나에게 그에 대한 불신감이 기본적으로 깔려 있던 것은 아니었을까. 어쩌면 1마오와 1위안의 차이점을 끊임없이 설명하고 있었을지도 모르는 그의 이야기를 그 불신감이 귀를 막고 듣지 못하게 한 것은 아니었을까. 만약 내가 그였다면 어찌 했을까. 혹시 옷을 붙잡고 늘어져서라도 기어코 1위안을 받아내지는 않았을까.

결과적으로 그는 고집쟁이가 아니라 자기 권리도 제대로 찾아먹지 못하는 바보 같은 사람이었고 우리는 1위안의 요금을 10분의 1이나 깎아서 1마오에 해결하려 한 막무가내 여행자가 되고 말았다. 위안과 마오를 구분하지 못해서 생긴 실수였다고는 해도 그가 그걸 이해할 리가 없으니 생각할수록 미안한 일이었다.

누가 꽃을 던지고 싶다고 했던가

이른 오전 두툼하게 옷을 차려입은 후 목도리와 장갑까지 끼고 숙소를 나섰다. 라싸에 도착할 때까지 줄곧 입었던 먼지투성이의 옷들은 모두 벗어서 세탁 서비스에 맡겼다. 속옷까지 깔끔하게 갈아입으니 차가운 새벽 공기도 상큼하게 느껴졌다. 마치 세숫대야에 파란 잉크 한 방울을 희석했을 때의 느낌과 흡사했다. 중학교 시절, 아이들은 푸른 하복 상의를 더욱 선명하게 하기 위해 파란 잉크 한 방울이 희석된 세숫대야에 세탁을 마친 상의를 담가두고는 했었다. 푸른 교복을 더욱 선명하게 만들었던 파란 잉크의 그 푸른빛이 오늘 라싸의 아침거리에서 내 발목 주변을 맴돌고 있었다.

전날 오후 우리의 차량이 라싸 시내로 진입했을 때 가장 먼저 눈에 띄었던 것은 포탈라였다. 그러나 높은 언덕 전면에 들어선 포탈라를 보면서 한 치의 의심도 없이, 영화 촬영이나 관광객을 위한 세트장일 것이라고 생각했다. 내 머릿속에 그렸던 포탈라는 고풍스럽고 고색창연한 어느 도시쯤에 있는 것이었다. 그러나 눈앞에는 제법 높은 중국은행 빌딩과 현대식 건물들이 펼쳐져 있었고, 때문에 내가 도착한 도시 역시 라싸라고는 상상도 못했으며 라싸 이전에 거치는 제법 현대적인 도시 정도로 생각했었다. 그렇게 라싸의 첫인상은 약간 당황스러웠다. 아름답고 고풍스런 도시, 성스럽고 유서 깊은 도시를 꿈꾸었던 나에게 라싸는 상업화된 모습부터 보여주었기 때문이다. 라싸가 현대적인 문명과는 전혀 동떨어진 도시일 것이라고 기대한 과오에서 비롯된 해프닝이었다.

그렇게 도착한 라싸에서 우리 일행들은 자신들이 원하는 숙소를 찾아 뿔뿔이 흩어졌고 나는 차에서 내리기 전 가이드에게 이렇게 말했다.

"라싸에 가자고 했더니 왜 베이징으로 왔어요?"

산책하는 마음으로 포탈라를 향해 걸었다. 포탈라 앞에 도착했을 때 군중들은 집단최면이라도 걸린 사람들처럼 모두 한쪽 방향으로 걷고 있었다. 염주나 마니차를 손에 든 그들을 보면서 나는 포탈라의 순례를 마치고 달라이라마의 여름 궁전인 노블링카로 몰려가는 사람들이라고 생각했다. 그 행렬이 매우 인상적이어서 포탈라 내부로 들어가려던 것을 뒤로 미루고 그 행렬 틈에 끼어서 함께 걷기 시작했다. 그러나 그 행렬은 포탈라가 끝나는 지점에서 오른쪽으로 꺾어졌다. 그들은 순례를 마치고 다른 사원으로 이동하는 무리가 아니라 포탈라 외곽에 형성된 코라 성지 외곽에 형성된 순례길를 시계방향으로 돌고 있는 순례자 행렬이었던 것이다.

코라를 순례하는 것도 사원과 성지를 참배하는 것만큼이나 중요한 의식이란

사실을 알고는 있었지만 이렇게 많은 군중이 무리를 이룰 수 있다고는 미처 짐작하지 못했다. 그도 그럴 것이 그동안 작은 도시만을 지나왔기 때문에 이렇게 많은 인파들이 코라를 돌고 있는 것을 아직 본 적이 없었기 때문이다.

코라에는 의외로 많은 장사꾼들이 있었다. 그들이 파는 물건들 중에는 종교 의식에 필요한 물건들도 있었지만 신발, 모자, 의류, 그릇과 생필품 등 종교와는 전혀 무관한 물건들이 대부분이었다. 장사에 능통한 중국인들의 상술 같아서 조금 착잡한 마음도 있었지만 세상 돌아가는 일이 다 그러하려니 생각했다.

그렇게 나의 걸음이 인파 속에 묻혀 있을 때 몇 발자국 앞에서 몸을 일으키는 한 노파를 보았다. 노파는 차갑게 얼어버린 그 길을 오체투지五體投地로 돌고 있었다. 자기 자신을 무한히 낮추고 삼보三寶─佛, 法, 僧께 최대한의 존경을 표하는 방법이라는 오체투지. 몸을 일으킨 노파는, 엎드려서 자신의 손을 폈던 자리까지만 걸음을 옮긴 후 같은 자세를 반복했다.

관절에서 힘이 빠져나갔다. 그냥 주저앉고 싶었다. 여러 차례 보았던 모습이지만 내 눈앞에서 행해지는 그 의식은 가슴이 얼얼할 정도로 숭고한 것이었다. 노파는 얼마나 오래도록 그렇게 살아온 것일까. 신에 대한 열망 하나만으로 살아가는 늙은 노파의 이마에는 사마귀처럼 굳은살이 박혀 있었다. 얼마나 오래도록 머리를 땅에 맞대어야 이마에 하얀 굳은살이 박이는지 나는 알지 못한다.

나의 손은 카메라만 만지작거리고 있었다. 용기를 내서 카메라를 들고 뷰파인더를 통해 노파를 바라보았다. 그러나 렌즈 저쪽에서 다시 바닥에 몸을 엎드리는 노파의 모습을 보는 순간 차마 셔터를 누르지 못하고 고개를 돌려 하늘만 바라보았다. 그리고 울지 않아야 한다고 생각했다. 어느 것 하나 희생할 줄 모르는 나에게 눈물은 어울리지 않는 사치품이라고 생각했기 때문이다.

노파는 오로지 오체투지에만 열중하고 있었지만 제법 많은 순례자들이 몸을 일으키는 노파에게 적선을 하고 사라졌다. 그들이 쥐어준 지폐는 약속이라도 한 듯 모두 1마오였다. 오체투지 순례자에 대한 존경이 포함되어 있는 1마오. 10장이 모여야 1위안이 되는 지폐. 나가체의 화장실 관리인마저도 거부했던 1마오를 노파는 아주 감사하게 받았다. 심지어 잔돈이 없을 경우 1위안을 주고 9마오를 거슬러 받는 모습도 종종 볼 수 있었다. 나는 그런 모습들이 체면에 연연해하지 않는 모습 같아서 그렇게 보기 좋을 수가 없었고 그 순간처럼 1마오가 아름답게 느껴진 적도 없었다. 주는 이에게는 우물에서 한 바가지의 물을 퍼주는 것처럼 부담 없는 금액이지만 그런 마오 30장이 모이면 노파는 한 끼의 식사를 할 수 있을 것이다.

독하게 마음을 다잡고 다시 카메라 뷰파인더를 들여다보았지만 여전히 셔터를 누르지 못하고 이미 뿌얘진 하늘만 다시 쳐다보고 말았다. 그렇게 카메라를 들었다 놓았다만 반복하는 사이, 인파는 그를 숨겼다 토해내고 다시 숨겼다 토해내기를 반복했다. 결국 스스로에게 용납하지 못하고 고개를 숙인 채 돌아섰다. 하지만 얼마 걷지 못하고 나는 다시 멈추었다. 그리고 말도 안 되는 억지를 속으로 되뇌었다. 나는 사진작가야! 부끄러웠다. 하지만 사진을 찍을 수 있는 명분은 그나마 그것뿐이었다.

인파 속에서 뒤뚱거리는 노파의 모습이 다시 보였고 나는 담담한 척 카메라 뷰파인더에 눈을 갖다 댔다. 순간, 엎드리고 일어서고를 반복하던 노파가 제자리에 멈춰 섰다. 오체투지에 열중하던 노파의 시선을 끌었던 것은 다름 아닌 노래방

기계였다. 합판으로 어설프게 만들어진 가게 안에서는 CD를 이용한 노래 반주가 흘러나왔고 누군가 마이크를 잡고 그 반주에 맞춰 노래를 부르고 있었다.

가진 것 하나 없이 어쩌면 몇 년간 오체투지만 하고 있었을지도 모르는 노파의 눈에 노래반주 기계는 신기한 요물단지처럼 보였을지도 모르는 일이다. 요상한 그 물건이 얼마나 신기했기에, 늙은 몸이 부서지도록 땅바닥에 엎드려 신을 경배하던 열망은 어쩌고, 넋 놓고 가게 안을 바라보다니. 당신도 사람이구나 싶었다. 노파를 붙들고 당신도 사람이지요? 당신도 나약한 사람 맞지요? 신을 가진 당신도 사람 맞지요? 그렇게 소리쳐 묻고 싶었다.

노파는 다시 몸을 엎드려 신을 경배하기 시작했다. 그리고 나는 이기적인 내 삶에 용서를 구하며 셔터를 눌렀다. 참았던 눈물이 흘렀던 것은 그때였는지도 모른다. 두 번 다시는 누군가 스스로 선택한 행복을 바라보며 눈물 흘리지 않겠다던 결심은 잠시 유보하기로 했다. 스스로 선택한 각자의 삶에 대한 동정은 한낱 이기심에 불과하다고 결론 내렸지만 오늘 다시 무너지고 말았다. 그대, 나를 용서하세요.

여기저기에 순례자들이 피워놓은 향불 연기가 자욱하고, 쉴 새 없이 돌아가는 마니차 소리와 호객하는 장사꾼들의 외침들. 어쩌면 삶은 그렇게 융화되고 하나로 뒤엉켜 살아가는 것인지도 모를 일이다.

어느 시인이, 어느 소설가가 꽃을 던지고 싶다고 했던가. 차갑게 얼어버린 바닥에 몸을 던지는 노파에게 나야말로 오늘 꽃을 던지고 싶었다. 무릎이 닳고 이마에 굳은살이 박인 그가, 즐겁고 신나는 일이 세상에 얼마나 많이 널려 있는지 더 이상 알 수 없기를 바라는 마음으로.

작게, 아주 작게

포탈라의 코라를 나와 큰길 모퉁이에서 감자튀김 한 봉지를 샀다. 아침을 먹지 않았기 때문에 감자튀김을 보자 출출함이 느껴졌다. 의외로 맛이 괜찮아서 끼니를 대신하려고 한 봉지를 더 샀는데 어느새 어린아이 하나가 다가와 있었다. 구걸하는 거리의 아이였다. 아이는 내 손에 들린 감자튀김 봉지를 바라보며 손을 내밀었다. 왜 이 성스러운 도시 라싸까지 가난이 존재하는 것일까.

새로 산 감자튀김을 건네자 아이는 낚아채듯 받아들고 급히 사라져버렸다. 달려가는 아이의 뒷모습은 어디론가 도망이라도 치는 것처럼 보였다. 나는 감자튀김 대신 바로 옆 노상에서 국수를 주문했다. 얼핏 우뭇가사리와 비슷했지만 쫄깃해서 씹는 맛이 좋았고 약간 매콤했지만 그럭저럭 입맛에도 맞았다. 그러나 이상하게 소화는 되지 않았다. 꾸르륵꾸르륵 소리와 함께 가스가 차는 느낌이었다. 라싸의 고도가 높아서인지 그렇지 않아도 먹는 음식마다 시원하게 소화가 되지 않고 있었다.

노상 의자에 앉아 국수를 먹는 사이에도 아이들이나 여인들, 노인들이 끊임없이 다가와 손을 내밀었다. 성스러운 도시 라싸만큼은 구걸하는 사람들이 없을 것이라고 생각했었다. 그들이 모두 부자여서가 아니라 가난해도 가난을 모르고, 궁핍해도 궁핍을 알지 못할 것이라고 생각했기 때문이다. 몇 벌의 옷을 더 갖고 있거나 소유한 땅이 좀더 넓다거나 하는 것들은 그들의 삶에 아무 의미가 없을 것이라고 생각했었다. 그들은 현생이 아니라 다음 세상을 위해서 사는 사람들이 아니던가. 그러나 어쩌겠는가. 라싸는 이미 도시가 되어버렸으니. 가난은 기회의 박탈과 함께 더 큰 가난을 만들고, 부는 자석에 끌리는 쇳조각처럼 자꾸만 가진 자들에게 몰려가고 있을 것이다.

국수 가게 주인에게 몇 위안을 마오로 바꾸었다. 내가 사용할 돈을 왼쪽 주머니에 옮겨 넣고 바꾼 마오를 오른쪽 주머니에 넣은 후 구걸하는 사람이 있으면 외면하지 않고 한 장씩을 꺼내 주었다. 그들은 오체투지하던 노파처럼 그 작은 돈을 기쁘게 받았다. 물론 구걸하는 사람들과 노파와는 상황이 달랐다. 순례자들이 노파에게 건넸던 돈은 보시와 존경의 뜻이 포함된 것이었기 때문이다.

그러고 보면 남을 돕는 티베트 사람들의 습관은 꽤 아름답고 합리적이었다. 많은 사람들이 적선을 하고 있었지만 그들이 건넸던 돈은 모두 마오였기 때문이다. 심지어 코라를 도는 순례자 중에는 적선을 위해 아예 수십 장의 마오를 손에 들고 있는 사람도 흔히 볼 수 있었다. 그들은 구걸하는 사람들에게 일일이 한 장씩의 마오를 건네고는 했다. 액수가 적기 때문에 적선한 돈이 한 사람에게 편중될 염려도 없었고 그들 역시 생활비를 벌기 위해서는 수십 명 이상에게 도움을 요청하는 최소한의 노동이 필요했다. 적은 액수의 돈을 내밀면 아예 거들

떠도 보지 않는 일부 아시아 국가의 뻔뻔한 걸인들에 비하면 매우 비교되는 일이었다.

내가 티베트에 머무는 동안 내 오른쪽 주머니에는 늘 마오가 들어 있었다. 하루에 스무 명을 돕는다고 해도 2위안이면 충분한 일이었기에 인색할 이유가 없었다. 내가 사용할 돈을 왼쪽 주머니에 옮겨 넣고 적선을 위한 마오를 오른쪽 주머니에 넣어 두었던 이유는, 행여 왼손으로 돈을 건네는 무례를 범하지 않기 위해서였다.

라싸의 성지들

포탈라

지그재그로 연결된 외부 계단을 한참이나 오르자 터널로 이루어진 계단이 다시 나타났다. 손때로 윤이 난 손잡이를 붙잡고, 어둡고 가파른 나무 계단을 천천히 오르면서 생각했다. 이 터널이 세상의 안과 밖을 연결해주는 소통로일지도 모른다고. 긴 터널 계단을 빠져 나오자 광장이 나타났다. 광장 맞은편에는 다시 세 칸으로 나뉜 나무 계단이 있었다. 달라이라마만이 이용할 수 있다는 가운데 계단은 출입이 통제된 채 양쪽 계단으로 순례자들이 드나들고 있었다.

그 계단을 이용해 내부로 들어섰다. 공개된 공간이 포탈라의 극히 일부라고 하지만 달라이라마와 관련된 주요 공간은 대부분 관람이 가능했다. 포탈라는 달라이라마가 겨울을 보냈던 겨울 궁전이다. 오색찬란한 비단들로 이루어진 장식과 높은 곳에 설치된 그의 보좌가 눈에 띄었다. 모든 나무 기둥에는 꽃, 새, 당초무늬 등이 양각되어 있었고 컬러풀한 채색은 금박과 어우러져 화려하기 이

를 데 없었다. 그러나 포탈라에서 가장 경이로운 곳은 선대 달라이라마를 봉안
한 스투파들이었다. 금으로 만들어진 커다란 탑에 갖가지 보석이 박힌 스투파
하나하나는 거대한 예술품들이었으며 무덤이라고 하기에는 너무 아름다웠다.

　포탈라를 관람하고 나오기 전 화장실을 가야 했다. 우리의 시골 화장실처럼
나무판에 직사각형 구멍이 뚫려 있었고 자연광이 들어오는 구멍 아래는 아찔하
게도 10여 미터 정도는 되어 보였다. 구멍은 두 개였지만 다행히 파티션 같은
칸막이가 하나 있었다. 그래도 일을 마칠 때까지 아무도 들어오지 않기를 바라
야 했다. 그러나 곧 문제를 깨달았다. 화장실 입구 창가에 올려놓은 가방 안에
화장지가 들어 있었던 것이다. 결국 이제는 누군가 들어오기만을 기다려야 했
다. 한참을 기다리자 누군가 들어오더니 쪼그리고 앉은 내가 외국인이란 것을
알아차리고는 다시 나가려고 했다. 나는 그를 급히 불러서 창가에 올려둔 내 짐
을 갖다달라고 부탁할 수밖에 없었다.

노블링카

　달라이라마의 여름 궁전인 노블링카Norbulingkha는 넓은 평지에 세워져 있었다.
나무도 풍부하고 정원이 넓어서 아늑한 분위기였다. 그러나 포탈라와 노블링카
는 규모나 건축적인 가치에 있어서 비교되기는 힘들어 보였다. 포탈라는 세계
문화유산으로 등록되었을 정도로 규모와 예술성에 있어서 높은 가치를 인정받
고 있는 반면 노블링카는 평온하고 아늑한 분위기 외에 별다른 특색은 없어 보
였다.

더욱이 정원 한쪽에 세워진 어설픈 동물원은 매우 실망스럽기까지 했다. 시설 자체도 너무 조악했으며 관리되고 있는 동물들도 원숭이와 곰, 독수리와 몇 가지의 조류가 전부였다. 정확한 설치 경위야 알 수 없었지만 예전 우리의 '창경원'을 생각나게 했다. 지금이야 창경궁이라는 이름을 되찾았지만 일제는 한 나라의 왕이 살던 공간에 동물원을 만들어 경건해야 할 곳을 위락시설로 둔갑시키지 않았던가.

중국 역시 한때 일제의 피해국이었으면서도 경건해야 할 이곳에 조악한 동물원을 만들었으니 전혀 다를 것이 없게 되었다. 과연 국익 앞에서 다른 나라를 감싸고 배려할 수 있는 국가가 있을지 의심스러웠다. 결국 인간이 모여 이루어진 국가가 개개인의 인격보다도 못한, 지극히 이기적인 집단 이상은 아니라는 생각이 들었다.

조캉

이른 아침 숙소를 나와 조금은 낯선 골목길을 걸었다. 골목은 복잡한 미로 같았고 방향감각을 잃은 갈림길에서 '조캉'이라는 물음 하나를 들은 남자는 좁은 골목을 가리켰다. 그가 가리킨 골목은 인적 없이 조용한 곳이었다. 그러나 그곳을 빠져나가자마자 갑자기 수많은 인파와 맞닥치게 되었다. 워낙 급작스런 변화였기에 블랙홀을 통과한 후 새로운 세상으로 툭 튕겨져 나온 느낌이었다.

그들은 조캉 사원의 바코르특별히 조캉 외곽의 순례길은 코라가 아니라 바코르라고 부른다를 걷고 있는 순례자들이었다. 아침부터 하늘은 푸르고 높았으며 대기는 경건하기만 했다. 그러나 이른 아침의 정제된 공기보다 더 청명했던 것은 바코르를 돌고 있는

순례자들이었다. 무리 중에는 양쪽 발목이 없어 기어서 순례하는 사람도 있었다. 그에게 신발은, 발이 아니고 두 손을 위해서 존재하고 있었다. 조캉 앞 광장을 가득 메운 사람들은 삼천 배라도 올리는 사람들처럼 제자리에서 오체투지로 절을 하고 있었다.

사원 안으로 들어섰다. 마당 맞은편에 법당으로 들어서는 문이 있었다. 법당 안으로 들어서려는 행렬이 경내를 한 바퀴 감쌀 정도로 길게 늘어서 있었다. 다행히 고가의 입장권을 구입해야 하는 외국인은 참배객들의 줄을 무시하고 우선적으로 입장시켜 주었다. 참배객들의 행렬은 한 불상 앞에 집결되었다. 참배객이 가장 알현하고 싶어 하는 불상, 조오 사카무니 Jowo Sakyamuni . 승려 하나가 불상에 머리를 맞대는 참배객들의 등을 잡아당겨 시간을 단축시켰고 야크 기름을 공양하려는 참배객들의 기름잔에서, 기름의 일부를 덜어내 주는 승려도 매우 분주해 보였다. 불상 주변은 어둠 속의 조명과 기름잔이 타는 냄새, 웅성거리는 참배객들의 불경 소리들이 뒤엉켜 묘한 긴장감이 감돌았다.

2층으로 올라갔다. 1층과는 달리 매우 한가했다. 한줄기 햇빛이 창틈으로 들어와 사선으로 꽂히고 있었고 붉은 승복을 입은 젊은 승려 몇이 모퉁이에 앉아 있었다. 밖으로 나와 옥상으로 올라갔다. 호흡곤란에서 벗어난 천식환자처럼 깊은 호흡을 했다. 멀리 포탈라가 새로운 각도에서 자리 잡고 있었고 광장에서 오체투지로 절을 올리는 순례자들이 한눈에 들어왔다. 가장 욕심 없고, 가장 아름다운 사람들이 왜 그토록 고행의 길을 가야 하는 것일까. 무릎과 손바닥이 닳도록 기도하는 그들을 보면서 세상을 너무 모르는 사람들이란 생각이 들었다.

옥상에서 내려와 법당 마당을 거닐다가 수돗가에서 물을 마시던 아이와 눈

이 마주쳤다. 나는 살짝 웃어주었는데 아이는 수줍은 듯, 한 남자에게 달려가 안겼다. 남자는 온화한 주름과 깊은 눈을 갖고 있었다. 정리되지 않은 머리와 수염마저도 늙어서 더 아름다울 수 있음을 증명하는 듯했다. 마치 그 모든 것이 그가 살아온 선한 삶이 만들어낸 작품처럼 여겨졌다. 사원을 나서면서 다시 생각했다. 세상을 모르는 것은 그들이 아니고, 어쩌면 나 자신일지도 모른다는 생각.

3위안 백반집

이른 아침 가까운 사원을 다녀오는 길이었다. 크게 분주하지는 않았지만 무척 밝은 분위기가 느껴지는 시장 통로였고 T자 모양으로 이루어진 갈림길에서 나는 좌측으로 꺾어지려던 참이었다. 앞치마를 두른 남자 주인은 가게 입구의 반찬통에서 여러 가지의 반찬들을 접시에 담고 있었고 식당 안의 커다란 공용 테이블에서는 몇 명의 손님들이 두 개의 접시를 올려놓고 아침을 먹고 있었다. 하나는 밥이 담긴 접시였고 다른 하나는 갖가지 반찬이 수북하게 쌓인 접시였다. 나는 직감적으로 그것이 백반이란 것을 알았다.

내가 여러 개의 냄비를 올려놓은 듯한 반찬통을 가리키자 주인 남자는 여덟 개나 되는 뚜껑을 모두 열어서 그날의 반찬들을 보여주었다. 그리고는 싫어하는 반찬이 있는지, 아니면 모든 반찬을 골고루 먹을 것인지를 묻는 듯했다. 내가 돼지껍질로 보이는 음식과 붉은 콩 요리를 손가락으로 가리킨 후 싫다는 손짓을 하자, 그는 이내 그것들을 제외한 나머지 반찬들을 접시에 차곡차곡 쌓기 시작했다. 접시에 담기는 반찬의 양은 몇 가지의 반찬을 고르든지 동일했다. 만약 네 가지의 반찬만 고른다면 양을 두 배로 담아서 여덟 가지의 반찬을 골랐을 때와 똑같은 양을 담아주는 것이다.

음식들은 기막힐 정도로 맛있었다. 물론 바닥에 깔린 반찬은 위에 올린 반찬의 양념이 고스란히 묻어날 가능성이 농후했다. 맛을 유지하는 최대한의 비결은 반찬을 섞지 않고 위에서부터 차근차근 먹는 것이었다.

식당을 나오면서 자잘한 동전을 올려놓은 손바닥을 내밀었다. 주인 남자는 내 손바닥에서 정확하게 3위안을 가져갔다. 옆집에도 같은 방식의 식당이 있었으나 나는 이 식당보다 맛있을 수는 없을 것이란 확신으로 늘 같은 식당만 이용했다. 가끔은 포장을 해서 숙소에서 점심으로 먹기도 했다. 아저씨도 친절했지만 아버지를 돕고 있는 딸도 매우 상냥하고 밝았기 때문에 식사 시간이 늘 즐거웠다.

라싸에서 3위안 백반집을 만난 것은 커다란 행운이었다. 음식 값도 무척 저렴했지만 라싸의 대부분 식당들이 영어 메뉴판이 없는 실정이라 음식 주문이 매우 불편했기 때문이다. 뿐만 아니라 영어 메뉴판이 있는 몇 안 되는 식당들은 터무니없이 비싼 가격을 받고 있었다. 무엇보다 중국의 영향으로 반찬 하나하나가 요리 개념으로 이루어져 있었기 때문에 나홀로 여행자는 단 한 가지의 반찬과 밥을 먹어야 한다는 단점이 있었다. 물론 이러한 단점은 여러 명이 함께 식사할 때는 장점이 되기도 하지만 대부분의 여행자에게는 불편한 것이 사실이었다.

라싸를 떠나기 얼마 전, 내가 늘 카메라를 들고 다니는 것을 알고 있던 주인

남자는 식당에서 일을 돕고 있는 딸의 사진을 찍어달라고 부탁했다. 식당이 어두워서 감도 50의 필름이 담긴 내 카메라로 촬영하는 것은 불가능한 일이었으나 그에게 그것을 설명하는 것은 더욱 힘든 일이었다. 여행을 하다 보면 외장 스트로브의 필요성을 느낄 때가 종종 있었지만 실용성과 배낭의 무게 사이에서 나는 늘 가벼운 배낭을 선택했다. 그날은 그 선택에 대한 아쉬움이 다시 피어오르는 날이었다.

서울에 돌아와서 확인한 몇 컷의 필름들은 예상대로 엉망이었다. 그렇다고 해도 지금 내가 후회하는 것은 왜 그 필름들을 모두 버렸는가 하는 것이다. 사진으로서 가치가 없다고 해도 그들을 기억할 수 있는 추억의 증거들이었는데 말이다. 아니면 번거롭더라도 그녀를 식당 밖에서 데리고 나와서 찍을 수도 있었을 것인데 나는 왜 그렇게 하지 않았던 것일까. 참으로 알 수 없는 일이고 후회스런 일이다.

빌어먹을 단체 비자

여행을 하면서 비자 때문에 이토록 스트레스를 받은 적은 없었다. 우리 일행들은 국경을 넘으면서 그 누구도 여권에 입국 스탬프를 받지 못했다. 여권은 신분 확인을 위한 용도일 뿐이었으며, 여행사를 통해 네팔 주재 중국 대사관에서 발급된 단체 비자에만 입국 스탬프를 받을 수 있었다. 그리고 이 단체 비자는 가이드가 소지하고 있었기 때문에 우리 중에 누구든 개별 행동을 한다면 곧바로 밀입국자가 될 상황이었다. 우리는 이 문제 때문에 국경에서부터 엄청난 스트레스를 받았다. 라싸 도착 직후부터 뿔뿔이 흩어질 여행자들이었기 때문이다. 이런 시스템은 개인적인 여행을 규제하겠다는 중국 정부의 강한 의지가 내포된 것으로 보였다.

우리 일행은 각각 네 명씩 두 장의 단체 비자로 나뉘어져 있었고 나는 미국인 청년과 한국인 부부와 함께 묶여 있었다. 단체 비자는 출발지였던 네팔로 되돌아가는 것을 원칙으로 하고 있었다. 하지만 네팔로 되돌아가는 것은 나뿐이었고 나머지 세 명은 중국 본토로 들어갈 예정이었다.

라싸에 도착한 두 번째 날 우리는 한 호텔 로비에서 다시 만났다. 우리를 안내했던 가이드와 함께 나타난 보스는 여행자들의 여권을 수거한 후 네팔로 되돌아갈 사람과 중국 본토로 여행할 사람들을 메모했다. 다음 날 다시 만난 보스는 단체 비자를 나누는 데 1인당 300위안씩이 필요하며 국적에 따라 그 비용도 달라질 수 있다고 말했다. 3위안짜리 백반을 백 번이나 먹을 수 있는 돈이었다. 생각보다 비쌌고 여행자들의 반발도 만만치 않았다. 무엇보다 우리 모두의 여권에 이미 개인 비자가 있었음에도 강제적인 단체 비자 때문에 불합리한 추가 비용을 지불하게 된 것에 대한 불신감이 너무 컸다. 보스는 다행히 단체 비자는 네팔로 되돌아가는 사람이 소유할 권리가 있기 때문에 나에게 추가 비용은 필요 없다고 말했다. 의외로 나의 비자 문제는 쉽게 해결된 것이다.

문제는 나머지 세 명이었다. 단체 비자를 내가 소유한다면 그들은 개인 비자로 전환해야 하기 때문이다. 그러나 한국인 부부와 미국 청년은 너무 비싼 비용 때문에 매우 불쾌해하고 있었고 나름대로 다른 방법이 없는지 고민하고 있었다. 이때 한국인 부부와 미국 청년이 우연히도 같은 일정을 갖고 있다는 것을 알고 있던 보스가 좋은 아이디어를 냈다. 세 명의 일정이 같으니 차라리 그들 셋이 단체 비자를 소유하고 네팔로 돌아가는 나를 개인 비자로 전환하자는 것이었다. 그럼 개인 비자로 전환하는 나만 300위안이 필요하게 되니 그 비용을 단체 비자를 소유하는 세 명이 대신 부담하라는 것이었다. 정말 기막힌 제안이었다. 개인당 300위안의 비용을 100위안으로 줄일 수 있는 방법이었기 때문이다.

그러나 한국인 부부는 그마저도 거부했다. 비용에 대한 부담보다는 불신에서 오는 불쾌감이 더 커 보였다. 중간에서 간섭할 일은 아니었지만 다른 방법을 모색해보기 위해 미국 청년과 함께 출입국 업무를 담당하는 공안국을 찾아갔다. 어렵게 찾아간 공안국 직원 책상에서 놀랍게도 우리 일행들의 서류를 발견했지만 그들은 그 어떤 답변도 없이 여행사 직원과 함께 오라는 말만 반복했다. 결국 우리는 아무런 소득도 없이 호텔로 되돌아와야 했다. 하지만 미국 청년은 보스를 만나자마자 300위안을 지불하고 자신이 단체 비자를 소유하겠다고 했다. 한국인 부부가 거부하고 있으니 300위안을 혼자 부담하겠다는 것이었다. 알고 보니 공안국에서 단체 비자가 아니면 개인 비자로 전환하는 절차가 필요하며 그 밖의 다른 방법은 절대 없다고 했다는 것이다.

그렇게 우리들의 빌어먹을 단체 비자 문제는 해결되었다. 한국인 부부도 나중에 미국 청년에게 200위안을 지불하지 않았을까 싶다. 어차피 방콕까지 함께 갈 예정인데 미국인 청년 혼자 300위안을 부담하는 것도 예의에 어긋나는 일이기 때문이다.

미국 청년은 보기 드물게 동양인 정서를 갖고 있었다. 성격도 소탈하고 남자다웠으며 개인주의 사회에서 자랐다는 것이 믿기지 않을 정도로 한국인의 습성을 많이 닮아 있었다. 때문인지 다른 서구인들보다 우리와 더 많이 어울렸다. 직업은 원양어선 선원이라고 했고 한번 배를 타면 6개월 이상 추운 북극 어디쯤에서 작업을 한다고 했다. 그리고 육지로 돌아오면 장기간 휴식을 취하는데 그때마다 이렇게 여행을 떠난다고 했다. 여행을 좋아하는 나에게는 매우 매력적인 직업으로 여겨졌다. 하지만 그의 말에 의하면 생각보다 힘든 노동이라고 했다. 웬만한 정신력과 체력으로는 견디기 힘든 직업이란 것이다.

우리는 그날 저녁 구멍가게에서 50도에 이르는 바이주白酒를 사들고 포장마차로 향했다. 나의 여권에는 새로운 비자 스티커가 붙었고, 만약을 대비해 내 이름에 CANCEL이라는 도장이 찍힌 단체 비자도 복사해 두었다. 그리고 단체 비자는 그들이 소유했으니 모든 것이 깔끔하게 마무리된 기념이었다.

가장 요긴했던 네 가지 물건

라싸에 도착하자마자 가장 먼저 구입했던 물건은 마스크와 립크림이었다. 티베트의 건조한 날씨 때문에 입술은 바싹바싹 말랐고, 심지어 입술 결마다 미세하게 터 버려서 뜨거운 음식이나 매운 음식을 먹을 때는 입술에 불이 붙는 듯한 통증을 감수해야 했다. 그러나 립크림을 바르자마자 몇 시간 후부터 두툼한 껍질이 벗겨지기 시작하더니 2, 3일 후에는 믿을 수 없을 정도로 말끔한 새살이 돋아났다. 마스크는 이런 입술 터짐의 재발을 방지할 수 있는 수단이었으며, 말할 수 없이 차가운 아침저녁의 찬 공기로부터 호흡기를 보호하는데도 아주 유용했다.

티베트의 겨울은 매우 춥지만 거의 대부분의 숙소에는 난방시설이 없다. 따라서 수도꼭지만 틀면 따뜻한 물이 나올 것이란 기대는 금물이다. 물론 대부분의 숙소들이 온수를 제공하고 있지만 시간대가 정해져 있으며, 개별 여행자가 묵는 저렴한 숙소 대부분은 샤워장이 공용인 경우가 많아서 시간 맞춰 샤워장까지 가는 것도 귀찮은 일이 되기 십상이다.

이런 상황에서 매우 요긴했던 또 다른 물건은 방에 있는 보온병과 세숫대야였다. 대개의 경우 방마다 두 개 정도의 보온병이 비치되어 있는데 서비스가 좋은 숙소는 이 보온병에 아침저녁으로 따뜻한 물을 채워준다. 물론 보온병은 차를 마실 때 사용하라는 것이고, 세숫대야는 샤워하러 갈 때 가져가라는 것이었지만 나는 이 보온병의 물을 이용해 고양이 세수와 양치질을 했다.

내가 머물렀던 숙소에는 네 개의 침대가 있었지만 숙박자는 나 혼자였기에 물은 늘 충분(?)했다. 아침마다 물을 채워주러 오는 여인은 보온병에 남아 있는 물을 세숫대야에 붓고는 새로운 물을 가득 채워주었다. 세숫대야에 부은 물이 미지근했지만 오히려 잘된 일이었다. 보온병에 채워진 따끈따끈한 물을 세숫대야에 부으면 온도가 적당하게 맞았기 때문이다. 그리고 그렇게 사용한 물은 가까운 화장실에 버리면 그만이었다. 아무리 싼 숙소라고 해도 보온병이 없는 숙소는 없기 때문에 겨울 티베트 여행에서 이 보온병은 매우 요긴한 물건이 아닐 수 없었다. 립크림, 마스크, 보온병, 세숫대야. 이 네 가지가 없었다면 나의 티베트 여행은 무척이나 불편하고 괴로운 여행이 되었을 것이다.

그러나 이렇게 요긴했던 물건과는 다르게 애써 준비하고도 결과적으로 전혀 쓸모가 없었던 물건이 하나 있었다. 다름 아닌 침낭이 바로 그것이었다. 네팔에서 읽었던 어느 여행자의 메모에 의하면 겨울 티베트는 너무 춥지만 이불도 제대로 주지 않고, 준다고 해도 너무 더러워서 덮기가 꺼려지기 때문에 침낭이 필수품이라고 적혀 있었다. 그 조언 때문에 카트만두 등산용품점에서 보증금을 맡기고 하루에 25루피씩이나 하는 대여 비용을 지불하며 침낭을 빌려왔다.

하지만 라싸에 도착할 때까지도 이불이 모자라거나 더러운 이불은 만난 적이 없었다. 라싸의 숙소에도 우리의 목화 이불처럼 두툼하고 따뜻한 이불이 비치되어 있었고 하얀 이불 홑청도 풀을 먹인 것처럼 감촉이 좋았다. 내가 머물던 숙소가 결코 비싼 숙소가 아니었음에도 카트만두에서 읽었던 정보와 많은 차이가 있었다. 물론 내가 운이 좋았던 것인지, 그가 운이 없었던 것인지는 알 수 없는 일이다. 그러나 나는 티베트를 떠날 때까지 단 한 번도 침낭을 풀어보지 못했다. 네팔로 되돌아가는 마지막 날, 대여 비용이 너무 아까워서 멀쩡한 이불을 두고도 침낭에서 잤던 것이 유일한 하룻밤이었다.

만취

가끔 그런 생각을 하게 된다. 내가 과연 술을 좋아하는 것일까. 변명처럼 느껴질지 모르지만 나의 대답은 늘 '아니다'이다. 술이 마시고 싶은데 상대가 없어서 누군가에게 전화질을 하거나, 상대를 찾지 못해서 혼자 술을 마신 경우가 나의 기억에는 거의 없기 때문이다. 하지만 누군가를 떠올리면서 그와 마주 앉아 술을 마시고 싶다는 생각은 가끔씩 하게 된다. 그래도 나는 술을 좋아하는 것이 아니라 사람을 좋아하는 것이라고 결론 내리고 있다.

나에게 여행을 하면서 술을 마시는 일은 일상에 비해서 흔한 일이 아니다. 그 이유는 앞서 말한 것처럼 혼자서 술 마시는 것을 좋아하지 않기 때문이다. 물론 늦은 저녁 카페에 앉아 주스나 커피 대신 한 잔의 맥주를 마시는 경우가 있지만 음료 이상의 의미는 아니다.

그런 나에게 이해할 수 없는 일이 라싸에서 벌어졌다. 나는 라싸에 머무는 동안 단 하루도 술을 마시지 않은 날이 없었으며, 더 정확하게 말하자면 단 하루

도 술에 취하지 않은 날이 없었다. 노상에서 싸구려 안주에 중국산 위스키를 마신 적도 있었고, 허름한 식당에서 요상한 뚝배기를 시켜놓고 독주를 마시기도 했다. 맥주를 박스로 사다놓고 숙소에서 밤이 새도록 퍼마신 날도 있었고, 심지어 네팔에서 라싸까지 우리를 안내했던 가이드와 기사와 함께 나이트클럽까지 찾아가기도 했었다.

술을 마신 날 중에는 떠나는 여행자를 위한 송별의 자리도 있었지만 아무런 명분이 없던 날이 더 많았다. 그렇게 하루도 빼놓지 않고 만취했던 내 자신이, 성스러운 도시 라싸에 나이트클럽이 있다는 사실보다 더 아이러니했다. 나는 왜 그토록 취해야만 했던 것일까.

매일 취했기에 나는 항상 늦은 밤거리를 걸을 수 있었다. 때로는 너무 늦어 숙소의 커다란 출입문이 굳게 닫혀 있는 경우도 있었다. 술 때문이었을까, 라싸의 밤은 그 어느 도시보다 우울했다. 모든 상가들이 문을 닫은 후의 쓸쓸함과 가로등의 누런 불빛만 떠다니는 적막한 밤길. 비틀거리는 걸음으로 칙칙한 어둠이 어슬렁거리는 대로를 제 맘대로 걸어 숙소로 돌아갔던 나날들. 누군가의 손이 내 어깨에 오르기를 바랐지만 나는 늘 혼자였다. 밤이 되면 라싸의 겨울바람은 더욱 강해졌고 누구에게도 기대지 못한 남자는 고개를 숙였다. 이유도 없이 울었고 때로 골목 어귀에서 통곡도 했다. 기억되는 모든 것이 너무 낡아 보였고 그리운 사람들의 언어들이 모두 허무해 보였다.

고백하건대 나는 분명 술보다 외로운 그 밤길을 즐겼다. 그러나 나의 기억에 더 진하게 양각되어 있는 것은 차갑게 식어버린 라싸의 밤길보다 더욱 싸늘했던 내 마음이다.

시골 가는 버스

동도 트지 않은 새벽, 터미널 앞에는 20여 명의 주민들이 보따리 짐을 소유한 채 정문이 열리기를 기다리고 있었다. 대합실에서 기다릴 수 있을 것이란 예상은 여지없이 빗나갔고, 지루한 기다림 끝에 정확하게 7시에 터미널 정문이 열렸다. 그 순간, 40여 명으로 불어난 사람들이 일제히 뛰기 시작했다. 그것은 마치 경주 같기도 했지만 너무 필사적이어서 전쟁터를 연상시키기도 했다. 나는 영문도 모른 채 어둠 속을 덩달아 달리고 있었다. 뛰는 동안 등에 멘 배낭이 들썩거려서 나의 몸과 배낭은 역방향으로 반동하고 있었지만 커다란 보따리를 들고 뛰는 그들보다는 내가 유리했다. 우리가 대합실 앞에 도착했을 때, 안에서는 직원 한 명이 대합실 현관문을 열기 위해 열쇠구멍에 열쇠를 꽂고 있었다. 대합실이 열리는 순간을 기다리지 못한 사람들은 다시 달리기 시작했다. 그들은 건물을 돌아 버스가 드나드는 출구로 뛰었고 그 무리 속에는 나도 끼어 있었다. 우리가 건물을 돌아서 버스들이 정차해 있는 정차장에 도착했을 때, 대합실이 열린 후 그곳을 통과해서 달려 나온 사람들과 다시 만나는 절묘한 타이밍이 연출되었다.

정차장은 어두웠다. 버스들은 어둠 속에서 정렬도 되지 않은 채 여기저기 흩어져 있었지만 사람들은 자신이 타야 할 버스를 알고 있는 듯 일사불란하게 갈라져 여전히 달렸다. 갑자기 나는 바보가 된 느낌이었다. 나는 내가 타야 할 버스를 알지도 못하면서 남들이 달린다고 덩달아 달렸던 것이다. 하기야 그 분위기 속에서는 누구든 함께 달리지 않을 수 없었을 것이다. 망연자실하게 서 있는 내 주변으로, 나보다 뜀박질이 늦었던 사람들이 부지런히도 달려 지나갔다. 각자의 버스에 달라붙은 사람들은 가족끼리 역할을 분담했다. 여자나 아이들은 버스 안으로 들어가 옷가지를 좌석 위에 올려놓는 것으로 좌석을 확보하는가 하면, 남자들은 커다란 보따리를 지붕 위에 올려서 자신들의 짐을 안전한 위치에 적재했다. 운전기사도 없고 시동도 걸리지 않았으며 불마저 꺼져 있는 버스로 몰려가 좌석을 확보하기 위해 난리를 치고 있는 그들의 모습은 너무도 치열했다.

뭔가에 잠시 홀렸다가 정신을 차린 나는 그들을 뒤로 하고 대합실로 돌아갔다. 잠시 후 창구에 어제의 그 아가씨가 나타났다. 나는 구세주를 만난 듯 창구로 달려가 구멍에 대고 '쩌꿍쓰' 그렇게 외쳤다. 기다리라고 했다. 난 그녀와 눈이 마주칠 수 있는 위치에 앉아 그녀가 나를 잊지 않도록 애써 초조한 표정을 지으며 그녀의 시선을 끌기 위해 노력했다. 버스는 하루에 한 대였고 의사소통이 가능한 사람은 그녀뿐이었기에 그녀는 지금 이 순간 세상과 소통할 수 있는 유일한 통로였다.

전날 아침에도 나는 이 터미널에 왔었다. 늦잠을 잤던 나는 서둘러 배낭을 꾸리고 체크아웃을 한 후 큰길로 나갔다. 터미널로 가기 위해 사이클 인력거를 불러 세웠다. 기사에게 동부터미널을 한자로 적은 쪽지를 보여주었으나 그는 한자를 알지 못했다. 다른 기사를 부르려 했지만 그는 손님을 놓치지 않으려고 나의 쪽지를 들고 상점으로 달려갔다. 그러나 상점 주인도 한자를 알지 못했다. 두 번째, 세 번째 상인도 마찬가지였다. 독창적인 언어와 문자를 갖고 있는 그들에게, 정규 교육을 받지 않으면 한자는 외국어와 다름없는 언어이다. 결국 지나던 행인이 종이에 적힌 한자가 어디인지 설명해주었다.

도착한 터미널에서 영어를 구사할 수 있는 사람은 아무도 없었다. 매표창구의 반달 모양 구멍에 대고 나의 목적지 '쩌꿍쓰'만을 반복했다. 발음이 '쩌꿍씬' 혹은 '쩌꿍썬'일지도 모른다는 생각에 비슷한 발음을 모조리 반복하고 있는 내 자신이 우스꽝스럽기도 했지만 의사소통은 여전히 불가능했다. 내가 절망하고 있을 때 영어 단어 몇 개만으로 의사를 표현할 수 있는 여직원이 창구에 앉았다.

"쩌꿍쓰, 드리궁틸!"

나는 내가 가려는 마을 이름과 그 마을에 있는 사원 이름을 함께 이야기했다. 영어도, 심지어 한자도 통하지 않는 티베트 땅에서 버스를 잘못 탔다가는 엉뚱한 곳에 버려질지도 모른다는 생각이 들었기 때문이다.

"투마로, 세븐 어클락, 써티 위안."

그의 영어는 콩글리쉬와 흡사해서 이해하기 쉬웠다. 나 역시 콩글리쉬로 물었다.

"원 데이, 원 타임?"

그는 고개를 끄덕였다.

그리고 오늘 아침, 자명종을 6시에 맞추어 두었지만 긴장한 나머지 새벽 3시까지 선잠을 잤다. 이렇게 선잠을 자다가 곯아떨어지면 오히려 깊게 잠들지도 모른다는 불안감 때문에 일부러 옆으로 누워 팔베개를 베고 불편한 자세로 잠을 청했다. 그러던 어느 순간 깜빡 잠이 들었고 놀라서 눈을 떠보니 6시 5분이었다. 자명종은 울리지 않았다. 시간만 맞추어 두고 버튼을 작동시키지 않았던 것이다. 양치질만 한 후 전날 꾸려놓은 배낭을 메고 숙소를 나섰다. 너무 이른 시간이라 인력거는 없었다. 터미널은 걸어가더라도 7시 이전에 도착할 거리였지만 택시를 탔다. 버스가 일찍 출발할지도 모르는 일이고 더욱이 하루에 한 대밖에 없는 노선이 아니던가. 택시를 타면서 이곳은 중국이니까, 그렇게 생각했다.

티베트를 찾았던 여행자들이 받았던 큰 문화적 충격 중에 하나가 조장烏葬. 시체를 조류에게 맡기는 장례법이라는 장례 문화일 것이다. 조장터는 여러 곳이 있겠지만 라싸 인근에서 외국인에게 개방된 곳은 드리궁틸이 유일한 곳이었다. 보통은 여행사의 사륜구동 차량을 렌트해서 조장터에 다녀오지만 나는 걸어서 조장터에 가고 싶었다. 그렇다고 라싸부터 걷겠다는 것은 아니었다. 버스로 갈 수 있는 가장 가까운 곳에서부터 걸을 생각이었다. 이래저래 수소문한 끝에 조장이 행해지는 사원인 드리궁틸에 가장 가깝게 가는 버스가 동부터미널에서 출발하며 그 마을 이름이 쩌꿍쓰라는 것을 알게 되었다. 그리고 그 마을부터 드리궁틸까지는 걸어서 4, 5시간 정도가 소요된다고 했다. 숙박과 돌아오는 방법에 대해서는 고민하지 않기로 했다. 사실 로컬버스를 이용해 드리궁틸에 갔던 외국인은 아직 없었을 가능성이 높은 일이다. 그러면서도 무모한 이 일을 추진한 이유는 티베트를 원 없이 걸어보고도 싶었고, 어떤 일이 벌어질지 모르는 의외성과 맞닥뜨리고 싶기도 했었다.

8시경이 되어서 한 남자가 다가오더니 이해할 수 없는 말로 뭔가를 물어왔다. 중국어도, 티베트어도 알지 못하는 나로서는 그의 말이 어떤 언어인지조차도 구분할 수 없었다. 난 그냥 '쩌꿍쓰' 그렇게 대답했고 그는 따라오라고 했다. 여전히 코발트빛 어둠이 깔려 있는 정차장 한쪽에 주차된 20인승 미니버스를 가리키며 타라고 했다. 버스에 앉아서 기다리다가 불안한 마음을 어쩌지 못하고 매표창구로 가서 쩌꿍쓰행 버스표를 달라고 했다. 그녀는 웃으며 '노 티켓' 그렇게 말했다.

버스는 30분 후 다섯 명의 승객만을 태우고 터미널을 출발했다. 기사와 승객들은 모두들 친절했고 웃음도 많았다. 버스는 10시경 작은 마을에 도착했고 우리는 거기서 아침 겸 점심을 먹기 위해 식당으로 들어갔다. 식당에는 메뉴판이 없었지만 있었다고 해고 이해할 수는 없었을 것이다. 나는 가장 무난한 만두국을 먹고 싶었으나 주인은 '모모^{티베트식 만두}'라는 말을 알아듣지 못했다. 나의 발음 문제이거나 지역적인 차이였겠지만 막막했다. 착한 주인은 나를 주방으로 데려가더니 그 안에서 재료를 고르라고 했다. 협소한 주방 안에는 아무리 뒤져봐도 만두는 보이지 않았으며 심지어 냉동실도 열어주었으나 거기에도 만두는 없었다.

나는 만두를 종이에 그려보기로 했다. 하지만 막상 종이에 그리려니 쉽지 않

았다. 처음 그린 것은 내가 봐도 뭘 그린 것인지 알 수 없는 수준이었다. 두 번째 그린 만두를 본 주인이 알았다는 듯 주방으로 들어가서 들고 나온 것은 계란이었다. 그림에 재주가 없는 내 탓이었다. 나는 만두국을 포기하고 주방 선반에 올려 있는 국수를 지목했다.

음식이 나오기를 기다리며 기사에게 묻고 싶은 것이 있었다. 내일 쩌꿍쓰에서 나오는 버스 시간이 궁금했던 것이다. 사전을 꺼내 내일, 시간, 출발, 도착 등을 찾아 정확하게 인쇄된 한자를 보여줌으로써 의사소통을 시도했다. 그러나 그 역시 한자를 알지 못했다. 하지만 오히려 그들이 한자를 알지 못한다는 사실이 티베트인의 정체성을 간직하고 있는 증거 같아서 기쁘기도 했다.

잠시 후 내 앞에 나온 음식은 칼국수와 흡사했으며 맛이 매우 뛰어났다. 쇠고기 육수도 그랬고 적절한 야채도 그랬다. 그동안 식당에서 먹었던 음식들이 대부분 짰던 것에 비하면 이곳 음식은 간도 적절했다. 어찌나 내 입에 딱 맞는지 국물까지 모두 마셔버렸다.

식사 후 버스는 그 마을에서 더 많은 승객을 태우고 비포장도로로 접어들었다. 울퉁불퉁 구불구불한 시골길을 버스는 털털거리며 잘도 달렸다. 이제부터 마을만 있으면 손님은 수시로 타고 내렸고 어느새 20인승 미니버스는 손님뿐 아니라 커다란 짐과 몇 마리의 염소들로 만원이 되어버렸다. 비좁은 버스는 그렇게 터덜터덜 시골 마을 쩌꿍쓰를 향해 가고 있었다.

사원은 높고 온천은 멀다

복잡했던 버스가 다시 텅 비어갈 때쯤 버스에서 20대 중반으로 보이는 두 명의 젊은 남녀가 내렸고 기사는 나에게 따라 내리라고 했다. 그들은 우리가 식사를 했던 마을에서 탑승했던 연인이었다. 다행히 여자는 영어가 가능했다. 그녀를 통해 알게 된 사실은, 남자는 티베트 청년이고 여자는 북경에서 여행을 왔으며 둘은 펜팔로 사귀고 있는 중이라고 했다. 영어가 가능했던 그녀와 지리에 밝은 그의 남자친구가 아니었다면 이후 나의 일정은 매우 난감했을 것이다.

그들은 다행히 나와 목적지가 같았다. 조장이 행해지는 사원은 물론이고 심지어 온천에 들러보려는 것까지. 그러나 내가 사전에 알고 있던 정보는 많이 왜곡되어 있었다. 가장 중요한 오해는 버스에서 내린 후, 드리궁틸 사원까지는 걸어서 4, 5시간이 소요된다는 것이었다. 하지만 차에서 내렸을 때 사원은 내 머리 위에 있었다. 바로 옆 가파른 산 중턱에 사원이 보였던 것이다. 물론 멀리 차량이 다니는 길로 돌아간다면 정말 몇 시간이 걸릴지도 모르겠지만 일단 사원은 가까이에 있었다. 그리고 방문하려던 온천이 버스에서 내린 후 사원으로 가는 길 사이에 있는 것인 줄 알았는데 온천은 사원과 전혀 다른 방향에 있었다.

그들은 사원에 올라갔다가 온천으로 가서 오늘 저녁을 보낼 것이라고 했다. 나는 내일 아침에 행해지는 조장을 보기 위해 사원에 다시 올 것이기 때문에 굳이 지금 사원에 올라갈 이유는 없었다. 하지만 길도 모르는 내가 아무 것도 보이지 않는 고원에서 혼자 온천을 찾아간다는 것은 위험한 일이었기에 그들의 일정에 따르기로 했다.

그러나 예상 외로 사원으로 오르는 길은 힘겨운 일이었다. 가파른 산등성이는 절벽에 가까운 각도였고 바위와 가시덤불처럼 거칠고 낮은 나무들 사이를 피해 이리저리 오르다 보면 숨이 차서 이내 헉헉거리고 말았다. 그도 그럴 것이 4,000m가 넘는 고도에서 무거운 배낭까지 지고 있었으니 당연한 일이었을 것이다. 물론 나보다 더 힘들어했던 것은 그녀였다.

힘겹게 오른 사원은 한적했다. 잠시 후 나타난 어린 승려가 우리를 접대하기 위해 부엌 같은 곳으로 안내했고 버터차_{소금과 버터로 만든 티베트 전통차}를 권했다. 그러나 외국인이 이들의 버터차를 마시는 것은 쉽지 않은 일이다. 비위에 맞지 않기 때문이다. 그래도 호의에 누가 될까 싶어서 감사하게 잔을 받았다. 물이 귀하기 때문인지 잔은 더러웠고 부유물도 많았다. 한 모금을 마셨지만 역시 넘기기가 쉽지 않았다. 그리고 많이 짰다. 승려는 내려놓은 내 잔에 첨잔을 하려 했다. 아주 짧은 순간, 갈등과 동시에 정중하게 거절 의사를 표시했다. 어린 승려는 웃음으로 나의 거절을 이해해주었다.

우리는 사원을 나와 온천으로 향했다. 그러나 이 역시 힘겨운 길이었다. 산허리를 타고 걸으며 차츰차츰 밑으로 내려왔는데 기본적으로 산소가 부족해서 쉽게 지쳤다. 산을 거의 다 내려올 때쯤 밑에서 말을 타고 지나가는 사람이 보이자 남자친구는 산을 뛰어 내려가서 그들을 붙잡았다. 말을 탄 두 명이 빈 말 한 마리를 끌고 가고 있었고 그 빈 말에 지친 여자친구를 태우기 위해서였다.

처음에는 말의 고삐를 남자친구가 끌었지만 말의 속도가 훨씬 빨랐기 때문에 결국은 여자친구를 먼저 보내야 했다. 말을 탄 여자친구는 이내 산등성이를 돌아 사라졌다. 나 역시 한 걸음 한 걸음이 버거울 정도로 너무 지쳐 있었다. 라싸에서 짐을 보관하지 않고 무거운 배낭을 그대로 짊어지고 온 것을 후회했다. 친절하고 배려심이 많은 남자는 지팡이로 쓰기에 적당한 나무를 주워 나에게 내밀었다. 힘든 길을 갈 때 지팡이가 큰 도움이 된다는 사실을 처음 알았다.

걸어도 걸어도 온천은 나타나지 않았다. 커다란 고개를 넘었을 때 산 속에 몇 채의 집들이 있었고 그곳에서 그의 여자친구가 기다리고 있었다. 그러나 그곳도 온천은 아니었다. 남자친구는 말 주인에게 15위안을 지불했고 우리는 다시 걷기 시작했다. 서서히 어둠이 내리기 시작했고, 지친 여자친구와 보조를 맞추는 그들보다 내가 조금씩 앞서기 시작했다. 그 어떤 흔적도 남아 있지 않은 고원의 산속이었지만 외길이니 길을 잃을 염려는 없을 것 같았다. 곧 어둠이 짙어졌고 뒤처진 그들이 어디쯤 있는지 보이지 않았다.

내가 온천에 도착한 것은 사원을 출발한 지 무려 네 시간 만이었다. 온천은 그 길 끝에 있었다. 십여 채가 될까 말까한 마을 사이로 접어든 길은 이내 사라지고 말았고 마을 뒤로는 길도 없는 산이 병풍처럼 자리하고 있었다. 다시 말하자면 마을은 막다른 길에 위치해 있었던 것이다. 연인은 나보다 20분 늦게 온천에 도착했다.

　전기가 없는 마을은 너무 어두웠다. 온천 숙소에는 새벽에 라싸에서 차량을 타고 출발했던 여행자 몇이 있었다. 촛불이 켜진 방에 배낭을 넣어 두고 노천 온천에 몸을 담갔다. 지친 연인은 곧바로 잠자리에 들겠다고 했기 때문에 온천을 나 혼자 차지했다. 주인이 촛불 하나를 갖다 주었지만 여전히 어두웠고 나는 자유롭게 옷을 다 벗어버렸다. 바닥에서 뽀글뽀글 기포가 올라오고 있었고 몸이 이내 나른해지면서 잠이 몰려왔다. 오래도록 그대로 있고 싶었다. 그러나 너무 방심한 나머지 무려 한 시간이나 온천에 앉아 있던 나는 갑자기 혈압이 오르면서 어지러워지기 시작했다. 고산 지대에서 장시간의 온천이 위험하다는 것을 알면서도 피로를 풀어보겠다는 욕심 때문에 잠시 방심을 했던 것이다. 몸이 휘청할 정도로 어지럼증을 느꼈기 때문에 급하게 온천에서 나왔다. 그래도 따뜻한 물에 몸을 담근다는 것은 행복한 일이었다.

세상의 모든 길은 고통이다

새벽 5시, 하늘이 흐리다고 생각했다. 서울로 치면 새벽 3시의 어둠. 별도 달도 없는 첩첩산중은 한치 앞도 분간하기 어려울 정도로 무거운 어둠에 뒤덮여 있었다. 때문에 전날 사용했던 지팡이는 앞에 무엇이 있는지 더듬는 용도로 사용해야 했다. 더욱이 나는 그 흔한 랜턴도 없이, 내가 소유한 빛이라고는 잘 켜지지 않는 라이터 하나가 전부였다. 9시에 시작될 조장을 보기 위해 어제 저녁 네 시간이나 걸어서 도착했던 길을 되돌아가고 있는 중이었다. 그러나 수면으로 휴식을 취했음에도 예상과는 달리 30분도 되지 않아 배낭의 무게가 버거워지기 시작했다. 라싸에 짐을 보관하지 않고 무거운 배낭을 그대로 메고 온 나의 미련함을 다시 한 번 후회했다.

체력적인 부담과 함께 나를 괴롭혔던 것은 공포였다. 어둠 속에서 어렴풋이 보이는 나무와 바위의 검은 실루엣들이 나의 의지와는 무관하게 기괴한 형상으로 보이기 시작했다. 심지어 착시현상과 함께 여기저기에 숨은 귀신들이 나를 노리고 있는 듯한 공포심에 시달려야 했다. 어둠 이외에는 아무 것도 존재하지 않는 이 시간에, 이 깊은 산속을 혼자 걷고 있다는 것 자체가 무모한 짓이라고 생각했다. 다른 여행자들처럼 라싸 여행사에서 지프를 렌트했다면 아주 편한 일이었겠지만 티베트에 오기 전부터 조장터는 걸어서 가겠다고 결심했었으니 고생을 자초한 것이다. 딱 부러지는 이유도 없이 나는 왜 조장터를 걸어가고 싶어했던 것일까.

모자와 목도리, 장갑까지 완전무장한 상태에서 유일하게 노출된 얼굴에 가끔씩 차가운 서리가 달라붙었다. 어둠 속에서도 가끔씩 얼어붙은 개울을 확인할 수 있었는데 그런 곳을 지날 때마다 넘어지지 않기 위해 조심했음에도 어느 빙판 한 곳에서 오지게 넘어지고야 말았다. 그렇게 두 시간 정도를 걸었을 때 나의 얼굴에 달라붙던 것이 서리가 아님을 알았다. 그것은 눈이었다. 조금 하얗게 보이기 시작한 길은 새로 시작된 모랫길이겠거니 했지만 그것 역시 눈길이었고 내 옷과 옆으로 두른 카메라에도 이미 수북하게 눈이 쌓여 있었다. 서둘러 카메라의 눈을 털어내고 화장지로 물기를 닦았다. 그렇게 정신을 차리고 보니 조금씩 윤곽을 들어내고 있는 세상에 온통 하얗게 눈이 쌓여 있었다. 그리고 멀리 산과 산 사이의 골짜기에서 자동차 불빛 하나가 보이더니 이내 사라졌다. 조장터로 가기 위해 라싸에서 여행자를 태우고 새벽에 출발한 차량일 것이라고 짐작했다.

8시쯤 내가 묵었던 온천과 조장터로 갈라지는 갈림길에 도착했다. 그리고 눈 위에 흔적을 남긴 바퀴 자국을 보면서 아까 지나간 차량은 여행자를 태운 지프가 아니라 망자를 실은 차량임을 알았다. 뒤쪽에 각기 두 개의 타이어가 장착된

트럭 바퀴 자국이었기 때문이다.

8시 반에 드리궁틸 사원이 바라보이는 언덕 아래 도착했다. 어제와 다름없이 세 시간 반이 소요된 것이다. 30분 안에 언덕을 올라야 했다. 말이 언덕이지 벼랑과 다를 것이 없었지만 차량이 다니는 길로 돌아가려면 몇 시간을 더 걸어야 할지 알 수 없으니 선택의 여지가 없었다. 어제도 올랐던 길이었기 때문에 자신이 있기는 했지만 막상 오르기 시작하니 사람이 다닌 흔적이 완전히 사라져 있었다. 모두 눈에 덮여버린 것이다. 암벽을 타고 나무를 헤치며 오르는 나의 흔적이 곧 길이 되었다.

부족한 산소 때문에 가슴이 터질 것처럼 헉헉 숨이 차올라서 세 걸음을 오르고 30초 쉬기를 반복했다. 그렇지 않아도 세 시간 반이나 걸으면서 지칠 대로 지친 나에게 가파른 언덕은 장벽과도 같았고 뒤에서는 배낭이 자꾸만 잡아당기는 느낌이었다. 내 일생에 그렇게 힘든 산행이 또 있었을까. 그래도 조장 시간에 늦지 않으려면 오래 지체할 수 없었다. 다행히 중간에 하나의 발자국을 발견했다. 이른 새벽 나보다 먼저 이 언덕을 올라간 누군가가 있었던 것이다. 그 발자국은 나에게 곧 길이 되었고 심리적으로 큰 도움이 되었다.

약 30분이 지나고 드리궁틸이 바로 눈앞에 보이는 곳까지 올랐을 때, 정확하게 나의 시야를 오른쪽에서 왼쪽으로 가로지르는 하나의 행렬을 보게 되었다. 나는 가파른 언덕 아래에 있었기 때문에 머리를 바짝 쳐들어야 볼 수 있었던 그 장면은 파노라마처럼 장엄했다. 길게 늘어선 그들은 사원에서 간단한 염을 마치고 조장터로 올라가는 행렬이었다. 여전히 푸른 어둠이 잔존하고 있던 하늘에 멈추었던 눈이 다시 내리기 시작한 것도 그때였다.

나는 사력을 다해 마지막 언덕을 올랐고, 배낭을 사원에 맡긴 후 조장터로 올라가려던 계획은 취소하고 곧바로 그들 뒤를 뒤쫓아야 했다. 시간을 지체했다가는 조장에 늦을지도 모르는 일이었기 때문이다. 파란 어둠 속에서 저만치 앞서가던 그들은 축복처럼 깨끗하게 깔린 눈길 위에 새로운 발자국을 남기고 있었다.

마대자루 속에 담긴 망자가 무거운 것은 당연한 일. 나는 배낭이 무거워 몇 걸음 걷다 쉬고 다시 몇 걸음 걷다 쉬기를 반복했지만 그들은 등에 진 망자가 무거워 걷다 쉬고 다시 걷다 쉬기를 반복했다. 망자를 짊어진 상주가 쉴 때마다 가족들은 등에 짊어진 마대자루를 받쳐서 망자의 무게를 줄여주기 위해 애쓰고 있었다. 사는 것이 힘든 것처럼 죽는 것도 힘든 일이지만 더욱 힘든 일은 죽은 육신을 장례 치르러 가는 길이란 생각이 들었다.

내가 그들을 따라잡을 수 없었던 것은 부족한 산소와 탈진에 가까운 체력소모 때문이었다. 그들을 추월하지 못하고 10분 정도를 뒤쫓기만 하고 있을 때, 직진하는 유족과 달리 좀더 가파른 언덕으로 들어서는 승려를 보았다. 조장터로 가는 지름길. 그러나 망자를 짊어진 유족은 시간이 오래 걸려도 편한 길을 선택했다. 그 위치에 내가 도달했을 때 잠시 망설였다. 망자를 짊어진 유족이 걸어간 편한 길과 승려가 선택한 지름길. 돌부리 하나를 넘는 것조차 버거울 정도로 지쳐 있었지만 결국 한번 더 힘을 내자는 생각으로 지름길을 선택했다. 덕분에 망자를 짊어진 첫 번째 유족들과 비슷한 시간에 조장터에 도달할 수 있었다.

나는 입구에 도착하자마자 배낭을 멘 채 눈밭에 드러누워 헉헉 숨을 몰아쉬었다. 그렇게 숨을 몰아쉬다가 결국은 가슴이 터져버릴지도 모른다는 생각이

들 정도로 나의 심폐 기능은 한계에 다다라 있었다. 그때 누군가 나를 불렀다. 어제의 버스 기사였다. 그는 내 머리맡에서 웃으며 서 있었지만 나는 그와 인사를 나눌 기력마저도 없었다. 잠시 후 쓰러져 있는 내게 돔덴^{조장을 집행하는 사람}이 다가와 곧 시작할 테니 빨리 오라는 뜻을 전했다. 그날 나 이외에 여행자는 없었다.

무심한 허공 훨훨 날아서

해가 뜨면서 삽시간에 녹아버린 잔설 위에 앉은 세 명의 승려가 염불을 외우기 시작했다. 담요나 하얀 천에 싸여진 망자를 짊어진 유족들은 커다란 자갈들이 깔린 조장터를 몇 바퀴 돌고는 망자를 내려놓았다. 총 여섯 구의 시신. 유족들이 길게 열을 지어 독수리들을 가로막고 있는 사이, 네 명의 돔덴은 갈고리와 70~80cm 길이의 긴 칼을 들고 능숙한 솜씨로 망자를 감싸고 있던 천들을 풀어내기 시작했다. 하얀 천 속에서 모습을 드러낸 벌거벗은 망자들은 관절이란 관절은 모두 부러져 죽은 사람들처럼 사지를 힘없이 늘어트리며 널브러졌다.

이후 돔덴은 갈고리와 칼을 이용해 망자들을 도려내기 시작했다. 언뜻 보아 젊은 청년과 늙은 노파의 모습이 보였다. 발바닥을 가르고 두피를 도려내고 등이 난도질되었다. 그리고 배를 가르면서 한 움큼의 물컹물컹한 것들이 튀어나왔다. 살 조각들이 여기저기 나뒹굴고 피비린내가 진동하기 시작하면서 독수리

들도 흥분하기 시작했다. 허술한 경계의 틈을 타 서열 높은 몇 마리의 독수리들이 조장터 안으로 뛰어들었고 어떤 놈은 하늘을 비상한 후 조장터 안으로 착지하기도 했다. 놈들은 도려낸 살 조각을 집어 물었지만 이내 날개를 붙들려 멀찍이 내동댕이쳐졌다. 그렇게 무단 침입한 우두머리가 있을 때마다 나머지 독수리들이 더욱 흥분하며 요동쳤기 때문에 유족들은 더욱 견고하게 독수리들을 막아야 했다.

피들은 응고되어 있었지만 붉은 살점들은 여전히 현연(顯然)했고 난도질이 깊어지면서 피비린내도 더욱 진동했다. 몸뚱이와 사지가 완벽하게 난도질된 후에 돔덴이 신호를 보냈고 독수리들을 막고 있던 유족들은 길을 내주었다. 순식간에 조장터는 아수라장이 되었다. 시간이 지나면서 살점을 물고 밖으로 나온 독수리들 때문에 여기저기 시신 조각들이 굴러다니기 시작했다. 공처럼 굴러다니는 두개골과 하체와 분리된 갈비뼈. 질긴 살점을 여러 마리가 함께 물고 늘어지는 모습들을 보면서 인간의 존엄성도 살아 있을 때의 이야기라는 생각이 들었다.

얼마의 시간이 흘렀을까. 먹이를 앞에 두고 공격적으로 변한 독수리들은 이미 주둥이와 머리까지 붉은 피로 물들었고 지들끼리 머리를 쪼며 싸우기도 했다. 그러나 어느 순간부터 혼란스럽던 독수리들이 잠잠해지기 시작하자 돔덴이 독수리들을 몰아냈다. 남은 것은 살점이 깨끗하게 발라진 뼈들뿐이었다. 돔덴은 이리저리 흩어진 뼈들을 모아 곡물 가루와 함께 빻기 시작했다. 가장 먼저, 갈비뼈를 세운 후 칼로 내리치자 척추에 붙어 있던 갈비뼈들이 힘없이 부러져나갔다. 이후 아이의 머리통만한 돌망치로 뼈들을 내리치기 시작했다. 부서진 뼈들이 가루가 될 것이라는 짐작은 착각이었다. 뼛속의 붉은 진액 때문에 부서

진 뼈들은 다져진 살점처럼 변했다. 가끔씩 뿌리는 곡물 가루는 붉은 진액이 튀지 않도록 도와주었고 시간이 지나면서 뼈와 곡물 가루와 붉은 진액이 다져지면서 끈기 있는 덩어리들로 변해갔다.

그런 의식이 치러지는 과정에서 누구도 울지 않았다. 어쩌면 그들은 울 수 있는 시간적 여유조차도 없어 보였다. 돔덴이 난도질을 하거나 뼈를 빻는 동안 유족 역시도 길게 도열해서 독수리들의 접근을 차단해야 했기 때문이다. 그러나 유독 한 여인만이 염주를 돌리며 '옴마니밧메훔'을 끊임없이 반복하고 있었다. 무례한 이야기일 수 있으나 일로 염불을 외우는 승려보다 그녀의 염불이 죽은 자를 더욱 축복하리란 생각이 들었다.

뼈를 빻는 일은 돔덴에게도 힘겨운 노동이었다. 내가 이곳까지 올라오면서 겪었던 체력 소모만 생각해도 짐작할 수 있는 일이었다. 그런 돔덴을 위해 유족들은 끊임없이 버터차를 날라주었고 어느 순간부터는 유족 중에 일부가 휴식을 취하는 돔덴의 돌망치를 받아들고 뼈들을 내리치기도 했다. 뼈를 빻는 가장 마지막 순서는 두개골이었다. 돔덴은 무언가를 확인시키듯 유족 대표들에게 차례차례 두개골을 보여주었다. 그리고 돌망치로 힘껏 내리치자 잘 구워진 과자처럼 가볍게 부서져버렸다. 두개골이 부서지는 소리는 경쾌하기까지 했다. 돔덴은 장갑에 곡식가루를 듬뿍 묻힌 후 흐물흐물한 내용물을 꺼내서 휙 내던졌다. 이 내용물이 아니었다면 두개골은 인체의 뼈들 중에서 가장 건조한 부위였을 것이다. 유족들은 막고 있던 길을 다시 내주었고 독수리들은 다져진 뼈마저도 앞다투어 먹어치웠다.

마지막 남겨진 육신마저 새들의 먹이로 사라지는 조장. 세상에서 가장 잔인

한 혹은 가장 아름다운 장례식을 기대했던 나는, 조장 역시 삶을 정리하는 허망한 의식 이상은 아니라고 생각했다. 그러나 그날의 의식은 그것으로 끝이 아니었다. 모든 의식이 마쳐질 무렵 세 구의 시신이 뒤늦게 도착했다. 하얀 비단에 싸인 망자를 등에 업은 젊은이는 남들보다 오래도록 조장터를 돈 후에 바닥에 내려놓았다. 다시 비단이 벗겨지고 발바닥과 두피와 등과 배가 난도질되기 시작했다. 아직 남은 육신을 두고 유족들이 하나 둘 자리를 떴다. 유족마저 떠난 빈 조장터. 마지막 유족이 떠난 후 나도 자리를 털었다. 이것으로 충분하다는 생각이 들었다. 그 의미를 내 자신도 정확하게 이해할 수는 없었지만 머릿속에서는 충분하다, 충분하다, 그 말만 반복되고 있었다. 언젠가는 나도 허망하게 가는 날이 오겠지.

무심코 시계에서 가리키는 고도계를 확인했다. 4,440m. 세상이 얽히고설킨 우연의 연속이듯 4자로 이어지는 숫자들도 그런 것이겠지 싶었다. 하지만 그 고도는 가파르지 않은 언덕을 오를 때조차도 100m를 전력 질주하는 것처럼 나의 숨통을 조이기에 충분했다.

언덕을 내려오기 전 뒤를 돌아보았다. 포식을 마친 독수리 한 마리가 하늘에 원을 그리며 선회하고 있었다. 결코 풀리지 않는, 삶과 죽음의 수수께끼를 독수리는 알고 있는 것일까. 이제 됐어, 산을 내려가자. 우리 중에 몇이 또 그렇게 떠났고 여전히 나는 남았으니 삶은 아직 나의 편. 사는 것이 구차해도 얼마나 좋은가. 여전히 나에게는 보장되지 않은 내일이 있으니 오늘을 휴지처럼 구겨도 죄 없음.

그 마음이 고마워

조장은 그렇게 끝이 났다. 산을 내려오면서 죽음의 의미를 되새기고 싶었다. 그러나 눈앞에서 아홉 구의 시신이 흔적도 없이 사라졌음에도 나는 라싸로 돌아갈 방법부터 고민하고 있었다. 죽음은 아직도 내게서 먼 이야기로 치부된 채.

하루에 한 대밖에 없는 라싸행 버스는 조장이 한참 진행되던 시간에 이미 떠나버렸다. 이곳에서 라싸행 버스를 탈 수 있는 '모어쭈꿍가'까지는 걸어서 꼬박 이틀은 걸릴 거리다. 중간에 이방인이 머물 수 있는 숙소가 없는 것은 물론이거니와 민가를 만난다 해도 신세지기는 불가능한 상황이다. 결국 걷는다는 것은 지나는 차량을 얻어 탈 수 있을 것이란 가능성 안에서만 선택되어질 일이었다. 그렇지 않다면 이곳 사원에서 하루를 묵고 내일 라싸행 버스를 타는 것이 현명할 것이다.

나는 걷기로 했다. 지나는 차량이 없거나, 있다고 해도 얻어 타지 못할 수 있다는 가능성 때문에 몹시 불안했던 것도 사실이다. 검은 새벽 조장터까지 네 시간이나 걸었던 것도 모자라 이틀이 걸릴지도 모르는 길을 나는 다시 걷기로 했다.

몇 번이고 미끄러지며 길도 없는 가파른 산을 내려갔다. 얼어붙은 밭 터와 개 울을 지나 도착한 마을은 척박한 산만큼이나 적막했다. 그러나 이제부터 본격 적으로 걸어야 한다는 생각을 하니 마음은 오히려 굳건해졌다. 배낭을 오지게 고쳐 메고 길을 걸었다. 다행히 오래지 않아 마을에서 덜덜덜 소리를 내며 달려 오는 경운기를 만났다. 이제부터 동력을 이용해 지나는 것은 무엇이든 세워야 했다.

모어쭈꿍가. 나는 경운기를 세우고 그렇게 말했다. 물론 경운기가 거기까지 가지 않을 것이란 사실은 너무도 분명했지만 최종 목적지를 말할 수밖에 없었 다. 나의 길과 당신의 길이 겹쳐지는 곳까지라도 태워달라는 의미였다. 웃으며 나를 태웠던 농촌 청년은 다음 마을에서 자기가 가야 할 길과 내가 가야 할 길 을 가리켰다. 배낭을 챙겨 경운기에서 내리면서 사례비를 주어야 하는지 말아 야 하는지, 주면 얼마나 주어야 하는지 잔머리를 굴리는 사이 그는 손까지 흔들 어주며 멀어졌다. 내가 왜 이럴까 싶었다. 멀어져 가는 경운기 꽁무니에 대고 들리지도 않는 인사를 했다. 투제쩨이. 고마워.

그 마을에서 한 대의 트럭을 만났다. 그러나 트럭은 나의 손짓을 먼지 속에 묻어버리며 그냥 지나쳤다. 쇠창살로 유리창을 대신한 구멍가게에서 미지근한 펩시콜라를 사 마셨다. 선반 위에서 먼지를 뒤집어쓰고 있던 콜라의 가격은 3위 안. 라싸의 어느 가게에서 나에게 6위안에 팔아먹었던 500ml 페트병이다. 라싸

보다 저렴하기는 했지만 이런 시골에서 누가 3위안이나 하는 콜라를 사 마실지 의문이었다.

다시 마을을 출발했다. 멀리서 말을 타고 오는 여인이 보였다. 말을 탄 그들이 그때처럼 부러웠을 때가 또 있었을까. 여인은 나를 지나쳐 제 길을 갔다. 나는 걸음을 멈추고 잠시 뒤돌아서서 멀어지는 여인을 바라보았다. 소주의 첫 잔이 위장을 지나칠 때의 찌릿함과 소주를 한 병 정도 마신 후 찾아오는 몽롱함이 교차했다. 두터운 붉은 옷과 야크 털로 만든 모자. 안장 뒤 양쪽에 걸친 커다란 자루와 오른손에 들린 채찍. 서두름 없는 여인의 길이 뭉클했던 것은 조급했던 나의 길 때문이었는지도 모른다.

한 시간 정도 걸었을 때 아주 잠시 포장도로가 나타났고 멀리서 달려오는 트럭을 보았다. 나는 뒷걸음질 치며 트럭을 세웠다. 세 명이 탑승한 트럭이었다. 속도를 줄이지는 않았지만 트럭이 가까워지면서 운전기사의 손놀림이 확연하게 시야에 들어왔다. 다시 올 것이니 여기서 기다리라는 손짓이었다. 이해할 수 없는 처사였다. 더욱이 휑한 바람을 일으키며 나를 지나친 트럭이 순식간에 앞 산을 돌아서 사라지자 허망하기까지 했다. 그들이 사라진 길은 내가 가야 하는 길. 더 바랄 것도 없이 그곳까지만 태워주면 되는 것을. 그러나 약 10분 후 그 손짓의 의미를 이해할 수 있었다. 앞좌석에 두 명만이 탑승한 트럭이 다시 달려오고 있었다. 앞서 지나간 기사의 손짓은, 자리가 있는 트럭이 곧 올 것이라는 의미였던 것이다. 하지만 나의 손짓을 보고 속도를 늦추던 트럭은 내가 외국인임을 확인해서였는지 속도를 높여 그대로 지나쳤다.

그때 다시 눈발이 내리기 시작했다. 우박이 섞인 싸라기눈이었다. 쌓이지 않는 눈은 약한 바람에도 황토 바닥을 굴러다녔다. 오늘 나의 걸음이 어디에서 멈출지 모르지만 지금은 걸어야 했다. 다행히 다시 경운기가 오고 있었다. 나의 손짓에 멈춘 경운기에 대고 다시 말했다. 모어쭈꿍가. 타란다. 비좁은 경운기 뒤에는 이미 다섯 명이 발에 모포를 덮고 앉아 있었고 짐들도 하나 가득이어서 발을 올려놓기도 힘들었다. 그래도 그들은 이리저리 나의 자리를 마련해주었다. 그들이 뭔가를 물어왔지만 그들과 내가 나눌 수 있는 대화는 단 한마디도 없었다. 나는 그냥 '한꿕^{한국}' 이렇게만 말했다. 그들은 웃었고 나도 웃었다.

경운기는 꽤 오래 달렸다. 아마도 한 시간. 설마 이 경운기가 그 먼 곳 모어쭈꿍가까지 갈 것인지 궁금했지만 말이 통하지 않으니 물을 수가 없었다. 다음 마을에서 경운기가 멈췄다. 여기가 끝인가 싶어서 배낭을 들고 내렸다. 그러나 다른 두 명을 내려준 후 나에게 다시 타라고 했다. 이제 자리가 넓어졌다.

마을이 끝나는 곳에서 경운기는 다시 멈추었고 운전하던 아저씨는 경운기 짐칸에 있던 두 개의 자루를 내렸다. 한 곳에는 낡았지만 세탁을 마친 옷가지가, 다른 한 곳에는 하얀 곡식가루가 들어 있었다. 하나 둘 모여드는 주민들에게 그들은 옷가지들을 나누어주기 시작했고 곡식가루도 한 바가지씩 퍼주었다. 비닐봉지를 가져온 사람들도 있었고 앞치마를 벌려서 받아 가는 노인도 있었다. 받아 갈 것이 마땅치 않았던 늙은 노파 한 명이 비닐봉지가 없는지 나에게 물어왔다. 나는 배낭을 뒤져 물건을 싸고 있던 비닐봉지를 벗겨서 그에게 주었다. 가난한 시골에서 옷가지와 곡식가루를 나누어주는 저들은 누구일까. 그것들을 받아 가는 마을 사람들도 처음은 아닌 듯 익숙한 행동들이었다.

경운기를 운전하던 남자가 마스크를 벗었을 때 비로소 그들을 기억해낼 수

있었다. 아침에 조장을 마친 유족들. 그들은 세상 떠난 망자의 옷가지들을 깨끗하게 세탁해서 가난한 사람들에게 나누어주고 있었던 것이다. 그리고 사랑하는 가족의 육신을 장례 지낼 때 사용했던 곡식가루마저도 이렇게 세상 사람들에게 한 바가지씩 퍼주고 있는 것이다.

가슴이 먹먹해졌다. 그때 마을을 지나는 트럭이 있었고 아저씨는 곡식을 퍼주던 손을 멈추고 급박하게 트럭을 세웠다. 그리고 나에게 빨리 달려가서 그 트럭을 타라고 했다. 나를 위한 배려였다. 경운기는 분명 이 마을을 지나 좀더 먼 곳까지 갈 것임에는 틀림없었지만 느려터진 경운기로 오늘 나의 목적지에 도착하는 것은 거의 불가능한 일. 선한 그의 눈은 이렇게 말하고 있었다. 저 트럭이 없다면 제가 당신을 태워줄 수 있지만 그것은 최후의 선택. 저 트럭을 타세요. 이 경운기로는 언제 당신의 목적지에 도착할지 알 수 없습니다.

그 마음이 고마워 나는 자꾸 힘이 빠지는데 그는 나를 걱정하며 트럭이 떠나기 전에 빨리 달려가라고만 했다. 그 마음이 고마워 자꾸 목이 메는데 그는 움직이지 못하고 서 있는 나를 바라보며 그 마음 다 안다고 찬찬히 미소 지어 주었다.

그날, 그렇게 옷가지가 바닥나고 남은 곡식가루가 사라져가고 있었다.

라싸 복귀

트럭 기사는 돈을 의미하는 손짓으로 손가락을 비비며 '머니'를 요구했다. 단순히 친절을 베풀어준다면 고마운 일이겠지만 제법 먼 거리니 돈을 요구한다면 기꺼이 지불할 생각이었다. 나는 10위안을 불렀고 그는 20위안을 요구했다. 20위안은 버스 요금과 동일한 금액이었다. 대형 트럭 짐칸과 미니버스를 어떤 기준에서 비교해야 하는지 알 수 없었지만 그와 실랑이를 하고 싶지 않았다. 한 마디 토도 달지 않고 그의 요구를 수용했다.

트럭은 무슨 볼일이 그리 많은지 이 마을 저 마을을 들러서 사람들을 만나고는 했다. 그리고 어떤 마을에서는 특별히 하는 일도 없이 오래 지체를 했다가 한참 후에 지프가 도착하고서야 출발했다. 트럭은 지프를 기다리기 위해 시간을 지체했던 것이고 지프가 도착하고서야 그들도 조장에 참여했던 사람들이란 것을 알게 되었다.

남자는 트럭이 정차할 때마다 운전석에서 내려 20위안을 확인했다. 너무 쉽

게 20위안을 허락한 것 때문에 불안해하는 것도 같았고, 목적지에 도착하면 시치미를 떼거나 도망칠지도 모른다는 걱정을 하는 것도 같았다. 내가 무척 싫어하는 인상을 갖고 있었던 것이 눈에 거슬리기도 했지만 한편으로는 쿡쿡 웃음이 나기도 했다.

아무튼 나는 그 트럭 덕분에 모어쭈꿍가에 무사히 도착할 수 있었고, 조장터에 가는 날 나를 주방까지 안내했던 식당에서 그날과 동일한 국수로 요기를 했다. 하지만 그 맛있는 국수를 몇 젓가락 먹지도 못했을 때 라싸행 버스가 도착했다. 주인은 걱정하지 말고 천천히 먹으라고 했지만 라싸행 버스가 얼마나 자주 있는지 알 수 없는 상태에서 일단 버스를 타야 한다고 생각했다. 먹던 젓가락을 내던지고 배낭을 낚아채고는 식당 밖으로 뛰쳐나갔다. 버스는 100여 미터 아래서 정차했고 전력질주를 해서 버스에 탑승할 수 있었다.

통로까지 손님으로 들어찬 미니버스는 담배 연기로 가득했다. 라싸에 도착할 때까지 승객 중 한 명 이상은 담배를 피우고 있었기 때문에 담배 연기가 가실 여유가 없었다. 아무리 생각해도 담배에 대해서 너무 관대하다는 생각이 들었다. 더욱이 내 앞에 서 있던 남자는 빠르고도 능숙한 입놀림으로 해바라기 씨를 빼먹고 있었고 껍질은 아무런 거리낌 없이 바닥에 버렸다. 라싸에 도착할 무렵, 커다란 봉지의 해바라기 씨를 모두 빼먹은 그는 입가심으로 담배를 피워 물었다. 모르긴 몰라도 내가 한 대 얻어 피기를 원했다면 그는 친절하고 기꺼운 마음으로 담배를 건네주었을 것이다.

라싸에 도착한 시간은 오후 7시였다. 숙소에 들어서면서 그때서야 나의 온몸에서 피비린내가 진동하고 있다는 것을 깨달았다. 만약 버스에서 그들이 끊임없이 담배를 피워대지 않았다면 버스는 아마도 내 옷에 밴 피비린내로 가득했을 것이다. 속옷까지 벗어서 세탁 서비스에 맡기고 샤워를 했다.

　다음 날 나는 신중히 고려했던 비자 연장을 취소하고 라싸를 떠나기로 결정했다. 남는 시간 동안 몇 개의 사원을 더 돌아보는 대신 일곱 장의 엽서를 썼고 3위안 백반집에서 마지막 만찬을 즐겼다. 그리고 그날 저녁, 어김없이 네 병의 맥주로 하루를 마감했다.

Good-bye, TIBET!

어둠이 내려 침묵하고 있는 거리. 배가 고팠다. 그러나 버려진 도시처럼 적막한 거리에서 적당한 식당을 찾기는 쉽지 않았다. 먹이를 찾아 어슬렁거리는 짐승처럼 거리를 배회하다가 몇 명의 사내들이 테이블 하나를 차지하고 있는 식당으로 들어갔다. 사자성어처럼 나열된 한자 메뉴판은 역시 판독이 불가능했다. 마침 옆 테이블에서는 사내들이 식사를 마치고 일어서는 참이었고 나는 그들이 먹었던 요리와 동일한 것을 주문했다. 여러 가지 야채가 농도 짙은 소스에 버무려진 것이 꽤나 맛있어 보였기 때문이다.

음식을 기다리는 사이 구두닦이 청년이 들어왔다. 그는 나의 신발이 운동화라는 것을 확인하고는 실망하는 눈치였다. 구두닦이 청년이 나가고 얼마 지나지 않아 아이를 동반한 할아버지가 식당으로 들어와 손을 내밀었다. 하지만 노인에게 줄 작은 단위의 지폐가 나에게는 없었다. 라싸를 떠날 때 이미 모두 나누어주었기 때문이다.

제법 오랜 시간이 지나서 내 앞에 놓인 음식은 서울에서도 먹어보지 못한 누룽지탕이었다. 내가 보았던 음식은 사내들이 누룽지를 모두 먹어치운 후 야채의 일부만을 남겼던 찌꺼기였던 것이다. 하지만 비록 나의 추측이 빗나가기는 했지만 누룽지탕은 매우 흡족한 요리였다. 배가 고팠던 나는 공기밥까지 추가해서 접시를 깨끗하게 비웠다.

식사를 마치고 거리로 나왔을 때 식당에서 손을 내밀던 할아버지와 아이가 상가 옆에 앉아 있는 것을 보았다. 아이가 더 이상 걷기 싫다고 투정을 부렸는지 할아버지는 아이에게 호통을 쳤고 아이는 투덜거리며 어두운 거리를 다시 걷기 시작했다. 그들의 뒷모습을 바라보며 낮에 점심을 먹으며 보았던 모녀가 떠올랐다. 우리가 식당 앞 인도에 놓인 테이블에서 점심을 먹고 있을 때 딸아이의 손을 잡은 여인이 우리에게 다가왔고 기사는 반으로 찢어진 1위안 지폐를 그들에게 주었다. 여인이 길 한쪽에 걸터앉아 지폐를 맞추고 있는 사이 어린 딸아이는 어디선가 테이프를 구해 왔다. 종이 박스 안에 들어가 천진한 눈빛으로 엄마를 바라보던 아이와, 너무도 신중하게 지폐를 붙이고 있던 여인의 모습은 조금 슬퍼 보였다. 모녀는 식당과 적당한 거리를 둔 곳에서 떠나질 않았다. 식사를 마치고야 그 이유를 알았다. 모녀는 우리가 남긴 음식 찌꺼기를 비닐봉지에 모두 담아 갔다.

다음 날 우리의 차량은 이른 아침부터 국경을 향해 다시 달리기 시작했다. 8시쯤 날이 밝기 시작했고 만월의 하얀 달은 낮달이 되어 푸른 하늘과 황색 대지 위에서 더욱 아름답게 빛나고 있었다.

출발 때부터 유난스러웠던 미국 여인은 내가 내민 과자는 단 한 번도 거절하지 않으면서도 자신의 비스킷은 절대 권하지 않은 채 비닐봉지 안에 꼭꼭 숨겨 두고 하나씩만 빼먹었다. 가이드가 가져 왔던 몇 개의 과일을 우리에게 권했을 때도 나는 미안해서 작은 귤 하나를 집었는데 그녀는 단 두 개만 있던 사과를 덥석 집어 들었다. 뿐만 아니라 지난 저녁 내가 밥을 먹으러 나갈 때도 자신은 방에 따뜻한 물과 차가 비치되어 있으니 그냥 차나 마시겠다고 했었다. 그러나 내가 식사를 마치고 돌아왔을 때는 이미 뒷정리는 되어 있기는 했지만 음식과 과일 냄새가 진동하고 있었다. 포장한 음식을 라싸에서부터 갖고 왔던 것이다.

하는 짓들이 얄미워, 전날 옷으로 얼굴과 창을 가리며 부산을 떨 때도 모른 척 외면하며 자리를 바꿔 주지 않았다. 운전석 뒤에 앉았던 그녀의 자리는 강한 햇빛 때문에 매우 곤욕스러운 자리였다. 하지만 오늘은 양보하는 마음으로 그녀에게 선택권을 주었더니 창가 자리를 나에게 양보(?)하고 자신이 가운데 앉겠다고 했다. 그러나 잘 달리던 우리의 차량은 고원 한가운데서 펑크가 났고 가이드와 기사는 타이어를 교체하느라 잘 털어지지도 않는 뿌연 흙먼지로 엉망이 되어 버렸다. 그녀의 이기심은 여기서도 드러났다. 중간 좌석을 선택했던 그녀는 어쩔 수 없이 가이드와 붙어 앉아야 했다. 하지만 옷이 더러워진 가이드 옆에 앉기 싫다며 나에게 다시 자리를 바꿔달라고 요구했다. 그렇게 자리를 바꾼 그녀도 미안한 것은 아는지 전날처럼 햇빛을 피하기 위해 부산을 떨지는 못했다.

우리의 차량은 팅그리에 도착하기 전 작은 마을로 들어갔다. 일행이었던 네팔 국적의 티베트 청년 가족이 그곳에 살고 있었기 때문이다. 그도 이 마을에서 태어났고 네 살 때 인도의 다람살라로 넘어갔다가 지금은 네팔에 살고 있다고 했다. 청년은 라싸에서 산 아동용 세발자전거와 쌀을 차에서 내렸고 우리는 버터차를 대접받았다. 내가 가장 난감해하는 버터차. 나는 가장 작은 찻잔을 집어 들었지만 끝내 입안에 머금었던 한 모금의 차마저도 넘기기 힘들었다.

차 때문은 아니었지만 급하게 화장실을 가야 했다. 처음으로 민간인 가정의 화장실을 가게 된 것이다. 화장실은 우리의 구식 화장실과 비슷한 모습이었지만 일을 본 후 뒤처리를 위한 준비물이 아무 것도 없었다. 물자가 귀한 그들이 종이나 화장지를 사용할 것이라고는 기대하지 않았지만 적어도 새끼줄 정도는 있을 줄 알았다. 아주 예전 우리의 조상들이 뒤처리를 위해 새끼줄을 사용했다는 이야기를 들었었기 때문이다. 하지만 새끼줄도 벼농사를 지어야 가능한 일일 것이다. 결국 조금 엽기적인 결론이지만 그들은 뒤처리 방법으로 흙을 사용할 것이라는 생각이 들었다. 배설물들 위에 흙이 뿌려져 있었기 때문이다.

우리가 그 집을 떠날 때 가족들은 하얀 비단을 청년의 목에 걸어주었다. 티베트인들이 안녕을 기원하는 의미에서 사용하는 하얀 비단. 네팔 여권을 갖고 있는 청년은 상황이 허락한다면 언제든지 고향을 찾아올 수 있으니 그래도 다행이란 생각이 들었다. 네팔에서 만났던 대부분의 티베트인들은 몰래 국경을 넘어 망명한 사람들이었고 그들은 어떤 방법으로도 고향에 돌아갈 수 없었다. 현재로서는 티베트가 독립될 가능성은 매우 희박하니 그들은 어쩌면 두 번 다시 고향 땅을 밟아보지 못할 수도 있을 것이다. 실제로 네팔에서 만났던 한 젊은이는 자신이 너무 어릴 때 떠나와서 제대로 기억하지도 못하는 고향에 대해서 매우 궁금해하고 있었다. 얼마나 아름다운 나라인지, 이동은 자유로운지, 사람들은 어떻게 살고 있는지…… 자신의 고향에 대해서 외국인인 나에게 묻고 또 물었었다.

　우리는 국경을 향해 다시 달리기 시작했다. 유난히 많은 바람이 불었고 때로는 모래바람으로 인해 한치 앞을 볼 수 없을 때도 있었다. 그럴 때마다 차량은 거의 정차를 하다시피 했다. 네팔과 라싸를 연결하는 이 길은 갈 때와 올 때의 풍경이 너무도 달랐다. 라싸로 향할 때는 사막 같은 황무지의 아름다움에 매료되었지만 네팔로 향하는 지금은 웅장하고 하얀 히말라야를 마주보며 달린다는 매력이 있었다.

　우리가 국경에 도착한 시간은 저녁 9시 무렵이었다. 이곳에서 잠을 자고 내일 아침 출입국관리소가 문을 열면 나는 티베트를 떠날 것이다. 티베트가 나에게 어떤 의미들을 부여했는지는 솔직히 확연하지 않다. 단지 나는 낮은 풀이 돋아나는 계절에 다시 이곳을 여행하고 싶다는 소망을 품게 되었으며 지금은 조금이라도 빨리 따뜻한 나라로 가고 싶을 뿐이다. 하지만 다시는 티베트를 여행하지 못한다고 해도 크게 상관은 없는 일이다. 이루지 못한 그리움 몇 개 정도, 가슴 어딘가에 깔깔한 모래알처럼 품고 사는 것도 나쁘지는 않을 것 같기 때문이다.

길은 끝이 없을 듯 아득했다. 바람은 어디에도 머물지 않은 채 동에서 서로, 남에서 북으로 지들끼리 몰려다녔고 여행자가 지나간 후에는 어김없이 티끌 같은 미련들이 쌓여갔다. 길 위의 모든 것들이 쓸쓸했고 그 길을 가는 여행자는 애절했지만 날이 밝으면 다시 용기를 내어 집을 나섰다.

언제부터 사람들이 카일라스를 그리워했는지는 누구도 알지 못한다. 어쩌면 그것은 아주 오래 전, 히말라야가 바다에서 전설처럼 솟아났을 때부터 시작된 일인지도 모른다. 타산他山의 장막 속에 뿌리를 숨기고 수만 가지 비밀을 한 꺼풀씩 벗으며, 오늘이 아닌 내일을 살아온 카일라스. 그 석벽 어딘가에 얼굴을 묻고 세상에 던져진 질문들을 되새기고 싶었지만 이생을 사는 나에게 카일라스는 너무 먼 곳이었다. 몇 날을 따라가도 쉽게 다다를 수 없었던 곳. 그래서 카일라스는 길보다 더욱 아득한 곳이었다.

카일라스를 향하여

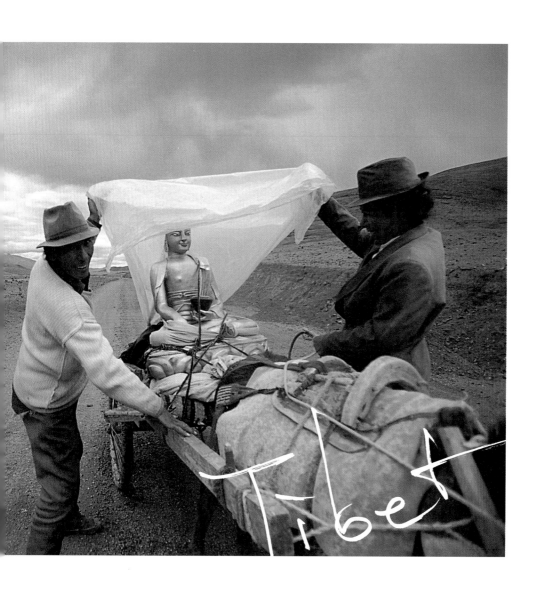

떠나야 할 증거

밤새도록 원고와 씨름을 하고도 결국은 마무리를 하지 못하고 인천 공항으로 향했다. 홀가분하게 떠나지 못하고 머나먼 티베트 땅까지 마감을 지키지 못한 원고를 들고 간다는 것이 한심스럽기까지 했다. 시간이 부족했다기보다는 집중력이 부족했다. 멍하니 모니터를 바라보며 한두 시간을 보내는 것은 말할 것도 없고 하루 종일 네댓 줄의 원고도 못 쓸 때가 태반이었다. 최근 부쩍 늘어난 현상이다. 하기야 그것이 떠나야 할 때가 되었다는 증거이거나 떠나는 것을 더 이상 지체하지 말아야 할 이유인지도 모른다고 생각했다.

일 년 반이 지났다. 그사이 티베트의 계절은 한 바퀴를 조금 더 돌아서 새로운 계절이 되어 있을 것이다. 우기가 시작되기 전 푸른 풀들이 돋아나고 있을 것이고 어딘가에는 유채꽃도 피어나고 있을 것이다. 티베트를 떠나올 때 품었던 꿈 그대로 낮은 풀들이 푸른 점박이처럼 파릇하게 돋아나는 계절에 다시 티베트에 갈 수 있게 된 것이다.

쳉두成都에서 하루를 보내고 이튿날 라싸행 비행기에 몸을 실었다. 전날 쳉두에 도착한 후, 서울에서 미리 예약한 여행사에 전화를 했고 조선족 직원은 쳉두와 라싸의 왕복 항공권과 라싸 여행을 허락하는 여행 허가서를 갖고 숙소로 찾아왔다. 외국인은 라싸로 향하는 항공권을 구입할 때 의무적으로 여행 허가서를 함께 구매하게 되어 있었다. 마치 항공권과 여행 허가서가 하나의 티켓이라도 되는 것처럼.

그러나 라싸로 향하는 과정에서 나는 의도적으로 여행 허가서를 그 누구에게도 보여주지 않았다. 과연 그것이 있어야만 라싸에 들어갈 수 있는 것인지 궁금했기 때문이다. 첫 번째 여행에서 모순투성이였던 단체 비자 경험이 떠올랐던 것이다. 하지만 성도 공항에서도, 도착한 라싸의 공가 공항에서도 나에게 여행 허가서를 보여 달라고 요구한 직원은 아무도 없었다. 물론 외국인은 당연히 여행 허가서를 함께 구입했을 것이란 가정이 그런 확인 절차를 무시하게 한 것인지는 알 수 없는 일이다. 그러나 지금의 개방적 분위기로서는 티베트를 들어가기 위해 여행 허가서가 필요하다는 것 자체가 의미 없는 모순이었다. 결국 한 푼이라도 더 벌어들이려는 관계당국의 무리한 욕심이거나 유명무실한 제도를 이용한 여행사의 횡포일 가능성이 높아 보였다.

비행기가 공가 공항에 다다르면서 티베트 고원의 모습이 발아래 가까워지기 시작했다. 대부분 여전히 황량한 모습이었으나 사람들이 사는 마을 주변은 기대했던 것처럼 푸른빛들이 감돌고 있었다. 아마도 고원의 민둥산들은 우기가 찾아온다고 해도 풀과 나무가 없으니 색의 변화는 기대하기 어려울 것이다.

공항에서 버스를 타고 라싸 시내로 향했다. 공항을 벗어나면서부터 익숙한

풍경이 시작되었고, 가보지 않은 새로운 길을 갈 때의 흥분과는 다르게 반가움과 편안함이 느껴졌다. 일 년 반 만에 도착한 라싸 역시 특별한 변화는 없었다. 햇빛도, 바람도, 공기도……. 계절이 바뀌었음에도 변함없는 모습으로 모두 같은 자리에 있었고, 그런 모습들은 멀리 길을 떠난 친구가 돌아오기를 기다리며 빈자리를 지켜주는 절친한 친구의 우정처럼도 느껴졌다. 그러나 나는 그런 모든 풍경들과의 재회를 반가워할 겨를도 없이 마감하지 못한 원고와 꼬박 이틀 동안 씨름을 해야 했다.

건조한 것들

  좀처럼 길을 찾을 수가 없었다. 차근차근 기억을 더듬으며 길을 거슬러 올라가 보아도 어느 순간 생경한 골목 풍경이 나타났고 그럴 때마다 어디서부터 길의 흔적이 흐려진 것인지 종잡을 수가 없었다. 하는 수 없이 다시 큰 길로 나가 처음부터 다른 길을 더듬기 시작했다. 하지만 여전히 자신 없는 헛걸음이 반복되었다. 비슷비슷한 골목 풍경과 잘 찾아들어간 것 같은데도 찾는 집이 나타나지 않았기 때문이다. 그토록 나를 감동시켰던 백반집이었음에도 도무지 그 집을 찾을 수 없다는 것이 믿을 수 없을 지경이었다.

  그렇게 첫째 날은 나의 기억력을 자책하며 지나갔으나 둘째 날 숙소와 사원을 잇는 모든 동선의 골목을 누비고서야 그 백반집을 찾을 수 없었던 것이 나의 기억력 문제가 아니란 것을 알게 되었다. 내가 그토록 간절히 찾았던 3위안 백반집은 낡았던 건물 자체가 없어지고 번듯하게 새로운 건물이 들어서 있었고 1층이 높게 설계되어 3층 건물이면서도 주변 4층 건물과 높이가 엇비슷했다. 골목의 바닥도 시장 골목 느낌은 사라지고 깔끔한 보도블록으로 정비되어 있었고 사라진 백반집 대신 골동품과 성물, 옷을 파는 가게들이 들어서 있었다. 옆집에 붙어 있던 다른 백반집 역시 함께 사라져버린 상태였다.

그러고 보니 나에게 딸의 사진을 찍어달라고 부탁했던 남자의 얼굴도 정확하게 기억에 남아 있지는 않았다. 그의 딸 역시도 그랬다. 당시 너무 어두운 렌즈를 갖고 있던 나는 남자의 애틋한 부탁을 성의 없이 받아들였고 어두운 실내에서 그대로 사진을 찍어버렸다. 이후 서울에서 현상한 슬라이드 필름은 어둠 이외에는 아무 것도 식별할 수 없었기 때문에 필름 선별 과정에서 모두 버려버렸다. 하지만 그런 일련의 행동들에 대해 미안한 마음과 후회를 가슴 한편에 담고 있던 나는 애써 그들을 다시 찾았던 것이다. 이번에는 딸아이를 식당 밖으로 데리고 나와서라도 예쁜 사진을 찍어주고 싶었다. 그러나 나의 무성의를 만회할 수 있는 기회는 내가 버렸던 필름들처럼 사라져버렸다.

큰길로 걸어 나와 다른 식당을 찾았다. 그곳도 백반집이었다. 쓰콰이[4위안]과 우콰이[5위안]만 알아들을 수 있었다. 고민 없이 쓰콰이라고 답했고 주인은 내가 선택한 네 가지의 반찬을 접시에 담았다. 맛있었다. 입술에 묻은 음식물을 화장지로 닦다가 홍건할 정도로 묻어난 피를 발견했다. 거울 앞으로 다가갔다. 입술 주변에서 느껴졌던 이물감은 음식물 찌꺼기가 아니고 터진 입술에서 흘러나온 피였다. 잘도 버티던 입술은 좌측이 몇 곳이나 한꺼번에 터져서 여전히 피가 흐르고 있었다.

내 입술을 터지게 한 것이 티베트의 날씨인지, 나의 건조함인지 구분되지 않았다. 식당을 나온 나는 약국으로 향했다.

숲에서 논하다

사원에 거주하는 스님들 모두가 건물 밖으로 나온 것처럼 잠잠하던 사원이 갑자기 활기를 띠기 시작했다. 도대체 이 많은 스님들이 어디에 숨어 있던 것인지 의아할 정도로 스님들은 사원 내의 길목들을 가득 메웠다. 모두 같은 방향을 향해 걷고 있는 스님들 일행을 뒤따랐다. 좀더 넓은 길로 나서자 사방에서 모여든 스님들이 더 큰 무리를 이루고 있었다.

스님들은 붉은 문을 통과해 자갈이 깔린 광장으로 들어섰다. 그곳은 울창하다고 할 수는 없었지만 제법 많은 나무들이 자라고 있었으니 광장이라는 표현보다는 작은 숲이라고 하는 것이 옳을 것이다. 몇몇 스님들이 양동이에 물을 길어다 정성스럽게 나무 밑동에 부어주고 있었다.

시간이 조금 더 지나면서 스님들의 숫자가 족히 200명을 넘어 300명에 이를 정도가 되었다. 매일 오후 3시가 되면 이곳 세라 사원에 머무는 스님들은 이 숲에 모여 토론을 벌인다. 그들이 벌이는 토론의 모습이 워낙 독특해서 외부인에게도 큰 흥밋거리로 알려져 있다.

숲을 가득 메운 스님들은 저마다 적당한 자리를 잡고 앉았고 이윽고 토론이 시작되면서 작은 웅성거림은 곧 소란에 가까울 정도로 커지기 시작했다. 스님들의 토론이 독특해 보이는 이유는 아마도 그들의 몸동작 때문일 것이다. 서 있는 스님이 앉아 있는 스님에게 질문을 하는데, 마치 삿대질이라도 하는 것처럼 손바닥을 부딪치며 상대방에게 손을 쭉 내민다. 대답하는 스님 역시도 기죽지 않는 목소리로 자신의 생각을 이야기하지만 그들의 대답에 따라 질문자의 태도도 바뀌는 듯했다. 질문자와 답변자는 가끔 역할을 바꾸기도 한다. 토론이 과열되면서 얼핏 공격적인 모습으로 비춰지기도 하지만 이들의 이런 토론 방식은 중요한 학습 방법 중에 하나라고 한다.

티베트 언어를 이해할 수 없었기 때문에 나의 흥미는 그들의 토론 방식과 몸동작에 머물러야 했기에 곧 무료해지기 시작했다. 사원을 나와서 사원 벽을 타고 형성된 코라를 걸었다. 사원 뒤편은 바위산으로 이루어져 있었고 조금 높은 곳으로 올라가자 포탈라는 물론이고 라싸 시내가 한눈에 들어왔다. 세라 사원은 토론이 이루어지는 숲만이 유일하게 푸른 나무들로 둘러싸여 있었다.

산 정상 부근에는 노란색의 단출한 건물 하나가, 절벽에 둥지를 튼 새집처럼 위태롭게 박혀 있었다. 과연 그곳에는 어떤 스님이 살고 있을지 호기심이 일었지만 그곳까지 올라가기에는 조금 높은 위치였다. 물이 고여 있는 웅덩이 주변에 나무들이 자라고 있었고 나는 그 밑에 앉아 잠시 따가운 햇볕을 피했다. 바람이 조금 불어왔고 그 바람에 여전히 작은 숲속에서 토론을 벌이고 있는 스님들의 목소리가 묻어왔다.

사려 깊지 못한 선택들

점심을 먹고 한가하게 침대에서 뒹굴다가 숙소의 다른 여행자들과 함께 시내버스를 타고 드레풍 사원으로 향했다. 버스에서 내려 마을 샛길 언덕을 오르자 네충 사원 이정표가 먼저 나타났다. 어디선가 읽었던 여행자의 경험에 의하면 입장료가 없는 네충 사원을 통과하면 드레풍 사원으로 몰래 들어갈 수 있는 뒷길을 만날 수 있다고 했고 이미 그 정보를 알고 있었던 우리는 만족스런 미소를 입에 물고 네충 사원으로 향했다.

그러나 정보와는 다르게 네충 사원은 10위안의 입장료를 받고 있었다. 생각보다 왜소한 네충 사원은 안으로 들어가봐야 기대에 미치지 못할 것이라는 생각을 갖게 했다. 때문에 우리 중에 어느 누구도 입장권을 구입하고 안으로 들어가려는 사람이 없었다. 더욱이 곧이어 찾아갈 드레풍 사원이 티베트를 대표하는 사원 중에 하나라는 것을 생각할 때 네충 사원에 대한 호기심은 그리 클 수 없었다. 그저 드레풍 사원으로 향하는 길목에 위치한 작은 사원에 불과할 뿐이었다. 입장료가 필요 없는 부속 건물들만 대충 살펴보고 드레풍 사원으로 향했다.

그러나 네충 사원과 드레풍 사원은 그 어떤 연결고리도 존재하지 않는 매우 동떨어진 사원이었다. 단지 드레풍 사원의 쪽문 출입구로 향하는 한적한 시골 길이 두 사원을 이어주고 있을 뿐이었다. 길은 제법 매력적이었다. 돌판들이 쌓여 있는 성소가 있었고 아이들은 그 주변을 맴돌며 지들끼리 웃어대고는 했다. 언덕 아래에는 팽나무를 닮은 커다란 두 그루의 나무가 있었고 몇몇 스님이 그 그늘 아래서 따가울 정도로 강렬한 햇빛을 피하고 있었다.

건조한 흙길을 조금 더 걷자 말라버린 계곡이 나타났고 그 계곡 건너에는 또 하나의 성소가 자리하고 있었다. '옴마니밧메훔'이라고 적힌 돌판이 이전보다 더 높게 쌓여 있었고 붉은 승복을 입은 비구니 스님 몇이 그 앞을 지나갔다. 스님들은 햇빛을 피하기 위해 하나같이 승복의 늘어진 부분을 머리에 두르고 있었다. 하긴 여행자들도 6월의 티베트 태양을 당해낼 재간이 없었다. 모자를 쓰지 않으면 얼굴이 타는 것은 말할 것도 없고, 머리가 짧을 경우 머리카락 속의 정수리 살갗까지 벗겨질 정도로 우기 직전의 태양은 너무도 강렬했다.

우리는 그 언덕 어디쯤에서 드레풍 사원도 잊은 채 잠시 휴식을 즐겼다. 멀리 아래에는 점처럼 작은 집들과 회색 차도가 보였고 그 너머에 또 다시 분지가 형성되어 있었다. 그리고 아주 멀리 병풍처럼 둘러져 있던 산줄기들. 우리 뒤로는 점점 높아지는 산등성이가 거인처럼 버티고 있는 가운데 촘촘한 건물들이 가득한 드레풍 사원이 낮게 내려앉아 있었다. 그리고 보면 티베트도 국토 어디에서나 산을 볼 수 있는 우리나라와 비슷한 구석이 있었다.

마치 일사병에 쓰러진 사람들처럼 우리는 들풀이 깔린 언덕에 흩어져 누웠다. 하늘은 너무도 푸르렀고 듬성듬성 흘러가는 하얀 구름들은 가끔씩 우리들 얼굴에 그늘을 만들어주었다. 드레풍 사원에서 내려오던 비구니 스님 몇이 우리를 불렀다. 그중 한 스님이 부실한 필름 카메라를 내밀며 사진을 찍어달라고 부탁했다. 아마도 시골에서 성지순례를 온 스님들인 모양이었다. 그들은 기념사진을 찍으며 어디서 보았는지 V자를 그리고 있었다. 아이들처럼 젖살이 빠지지 않은 통통한 볼과 이유도 없이 자꾸만 웃어대는 모습이 영락없는 소녀였다. 붉은 승복과 삭발만 아니었다면 이제 갓 대학에 입학한 여대생의 모습과 다를 것이 없었다. 나는 그들에게 카메라를 돌려준 후 내 카메라를 들어 보이며 내 것으로도 사진을 찍어도 되겠는지 양해를 구했다. 내 카메라로 사진을 찍을 때도 그들은 여전히 V자를 그리고 있었다.

우리는 휴식을 마치고 드레풍 사원으로 올라갔다. 그러나 멀찍이 보이는 쪽문에는 관리인이 지키고 있었다. 우리는 태연하게 방향을 살짝 틀어서 산 쪽으로 올라갔다. 더 올라가다 보면 어딘가 허술한 틈이 있을 것이라고 생각했기 때문이다. 그러나 어디선가 나타난 스님이 우리를 불렀고 관리인에게 가서 표를 구입할 것을 요구했다. 나는 비겁하다고 생각했지만 사원 방문 목적에 대해 약간의 거짓말을 했다. 공짜로 사원을 들어가겠다고 생각한 순간부터 나는 이상하게 삐뚤어진 결정들을 하고 있었다. 나의 거짓말이 전혀 엉뚱한 것이 아니었음에도 관리인은 사원에 입장하기 위해서는 표를 구입해야 한다고 말했고 이때부터는 자존심이 상해서라도 표를 구입할 수 없는 상황이 되었다. 물론 냉정히 말하자면 그것은 자존심과는 너무도 무관한 객쩍은 호기에 불과한 것이었다.

우리 일행들에게 약간의 논란이 일기 시작했다. 알고 보니 일행 중에 두 명은 이미 전날에도 드레풍 사원에 왔었고 무단 입장에 실패해서 오늘 두 번째 시도를 하고 있는 상황이었으며, 이들은 전날 관리인을 만났었기 때문에 내가 관리인과 이야기할 때도 관리인과 마주치지 않기 위해서 멀찍이 떨어져 있었다. 결국 두 번째 무단 입장에 도전하는 커플은 정문 방향으로 내려가면서 상황을 살펴보겠다고 했고 또 다른 젊은 부부는 어떻게 해서든 공짜로 입장을 하기 위해 낡은 축대와 철조망, 가시덤불로 이루어진 산기슭을 포복으로 기다시피 올라갔다. 나는 이제 와서 표를 구입하는 것도 우스운 꼴이지만 그렇다고 땅바닥을 기는 것은 더욱 자존심이 상해서 도저히 그들 뒤를 따를 수가 없었다. 만약 그러다 관리인에게 들키기라도 한다면 그 망신을 어떻게 감당하겠는가.

　남은 한 명마저도 자신이 원하는 방향으로 숨어들었고 갑자기 텅 빈 우주공간에 남은 것은 숙소에서 다시 만나자는 비장한 약속뿐이었다. 나는 모두들 뿔뿔이 흩어진 뒤에 잠시 멍하게 서 있어야 했다. 내가 도대체 왜 이러고 있는 것인지, 어쩌다 이런 결정까지 하게 되었는지 도무지 이해할 수 없었기 때문이다. 결국 여기까지 찾아와서 그깟 입장료 때문에 중요한 사원을 포기하고 돌아가야 할 상황이 되어버렸다.

　사실 유적지를 몰래 입장하는 방법에 대해서 그것이 훌륭한 정보인 양 떠들어대거나 성공담을 자랑처럼 여기는 여행자들을 나는 삼류로 여겼고 때로는 천하다는 생각까지 했다. 입장료가 얼마인지 간에 그것을 지불하는 것이 당연한 도리라고 생각했기 때문이다. 물론 나에게도 유적지를 몰래 입장하기 위해 애쓴 경험이 있고 그런 성공담을 무용담처럼 떠벌린 적이 있었다. 하지만 그것이 결코 바람직하지 않다는 것을 깨달았고 돈을 아끼는 방법은 다른 곳에서 찾아야 한다는 것을 알게 되었다.

하지만 아시아의 몇몇 국가들이 외국인에게 불합리한 입장료 정책을 펴고 있다는 것을 생각하면 그 또한 불쾌한 일임에는 틀림없다. 내국인과 외국인의 입장료를 차등 적용하는 것은 분명 유쾌한 일이 아니기 때문이다. 더욱이 그 폭이 몇 배 이상을 넘는 경우도 있어서 무단 입장을 더욱 부추기는 원인이 되기도 한다. 사실 포탈라 입장료는 최근 100위안으로 올랐고 한화로 환산하면 13,000원에 해당하는 금액이다. 과연 우리나라 유적지 중에 입장료가 13,000원이나 하는 곳이 있을까. 놀이공원이 아니라면 그들보다 몇 배나 물가가 비싼 우리나라에서도 찾아보기 힘든 입장료다. 그래도 어쩌겠는가. 악법도 법은 법이고 여행을 왔으니 그들의 정책을 따를 수밖에.

아무튼 나는 시내에서 제법 떨어진 이곳까지 찾아와서 결국 입장을 포기하고 산을 내려가기 시작했다. 이 결정이 매우 바보스런 짓이란 것을 알고 있었지만 이미 에너지가 많이 소진되었고 의욕도 상실되었다. 애초부터 어리석은 일이었음에도 쓸데없이 집착하면서 자초한 결과였다.

길을 내려가면서 일행 중에 혼자 내려갔던 남자를 먼저 만났고 이후 산 아래 정문 입구에서 젊은 커플도 만났다. 그들 모두는 결국 무단 입장이 여의치 않자 모든 것을 포기하고 시내로 돌아가는 버스를 타기 위해 큰길로 내려가는 트럭을 기다리고 있었다. 다시 모인 우리는 호탕하게 웃기는 했지만 사실 씁쓸한 맛은 지울 수가 없었다.

그래도 그날 성공한 사람은 있었다. 포복을 하듯이 산을 올라갔던 젊은 부부는 무사히 사원 진입에 성공했고 아름다운 드레퐁 사원을 마음껏 감상하고 태연하게 정문으로 걸어 나왔다고 했다. 그래서 우리는 그들의 성공을 축하하며 또 한 번 웃었다. 사실 자존심을 구겨가면서까지 시도한 일인데 모두들 실패했다면 허무하지 않았겠는가. 시작을 안 했다면 모를까, 어차피 시도한 일. 그나마 그들의 성공으로 우리의 체면 아닌 체면도 유지될 수 있었다.

그대 아직도 독립을 꿈꾼다

노인은 커다란 바위 옆에 앉아 있었고 주변은 나무 그늘로 인해 아늑함과 나른함이 느껴졌다. 조금 남루한 옷차림과 탁한 눈동자에도 불구하고 깊은 주름과 날카로운 눈빛이 예사롭지 않아 보였다. 노인은 종이 매달린 줄을 작은 물길에 담갔다 빼내기를 반복하고 있었고, 그럴 때마다 은은하게 울리는 종소리가 조금은 신비롭게 들리기도 했다. 노인의 그런 행위는 개인의 운세를 점치는 그만의 방법이 아닐까 싶기도 했지만 정확하게 확인하지는 못했다.

주변의 작은 성소에는 경구가 적힌 돌판뿐만 아니라 각종 불상 모양이 새겨진 돌판들까지 즐비했다. 주변을 맴도는 아이들은 성소와 어우러져 좋은 피사체이기는 했으나 지나치다 싶을 정도로 카메라를 거부하고 있었다. 카메라만 들었다 하면 등을 돌리거나 나무 뒤에 숨어서 사진 촬영이 아예 불가능했고 싫다는 것을 무리해서 촬영하고 싶은 마음도 없었다. 그래도 노인만은 카메라를 거부하지 않았다. 오히려 사진 찍히는 것을 즐기는지도 모른다는 생각이 들었

다. 그는 이미 다른 여행자가 찍어준 사진 몇 장을 소지하고 있기도 했다.

우리가 그곳에서 오래 지체하면서 노인은 우리에게 조금은 위험스런 말들을 뱉어내기 시작했다. 중국에서 유학 중인 학생의 통역으로 중간 중간 그의 발언들을 이해할 수 있었는데 그의 발언 요지는 이러했다.

중화인민공화국이란 국호를 들먹이며 이게 무슨 인민공화국이냐는 것이었다. 인민이 가난해서 제대로 먹지도 못하는데 '인민' 공화국이란 말은 턱도 없는 이야기며 공산당 때문에 모든 물가가 비싸졌고 그렇게 착취된 돈들은 모두 북경과 성도를 비롯한 대도시로 빠져나간다고 주장했다. 그러면서 우리의 숙박비가 얼마인지도 물었다. 우리는 실제 숙박비보다 적은 금액을 이야기했지만 그는 예전에는 잠자리 가격이 그보다 훨씬 저렴했는데 점점 비싸지고 있으며 이것이 모두 공산당 때문이라고 했다.

통역을 했던 학생의 의견에 의하면 티베트 사람이 이 정도로 유창한 '보통어'를 한다는 것은 그의 학식이 매우 높다는 증거라고 했다. 더욱이 그가 노인이란 것을 생각하면 아주 이례적인 일이라고 했다.

노인은 행여 누군가 들을까 주변을 살피며 소곤거리는 목소리로 이야기를 이어갔다. 지금 자신들의 지도자인 달라이라마가 인도에 망명해 있는데 우리에게 절대 전쟁을 하지 말라고 했다는 것이다. 그는 비폭력 투쟁가이며 그래서 자신들은 서두르지 않고 때를 기다리고 있다고 했다.

노인의 나이를 물었다. 그의 나이 여든둘. 사자의 갈기처럼 자란 수염이 그의 연륜을 말하고 있었고 등 뒤에 병풍처럼 자리한 바위의 경구가 그를 보호하는 부적처럼 느껴지기도 했다. 스스로의 이야기를 마무리하고 이제 여행자의 길을

가라며 등을 떠미는 모습은 조금 숭고하기까지 했다. 우리가 자리를 털고 일어서자 노인도 짐을 챙기기 시작했고 주변을 맴돌던 여인들과 아이들도 집으로 돌아가기 위한 채비를 차렸다.

노인을 만나기 전에는 티베트의 독립은 외국인에게나 주목받는 정치적 쟁점일 뿐, 정작 티베트인들은 무관심하거나 체념한 사안들이라고 생각했었다. 독립에 대한 그들의 열망을 티베트 어디에서도 발견할 수 없었기 때문이다. 그러나 곰곰이 생각해보면 언론과 종교, 표현의 자유에 있어서 극단적으로 제한을 받는 그들에게 독립에 대한 이야기는 금기에 가까운 이야기일 것이다. 입 밖으로 내뱉는 것 자체가 때로 자신의 신변을 위협받는 일이기 때문이다.

티베트 독립에 대해서는 중국 정부의 대응이 매우 강경해서 자국 내에서는 독립 운동 자체가 불가능한 상황이고 많은 유화정책으로 인하여 독립에 대한 갈망도 식어가고 있는 것이 사실이다. 하지만 아직도 중국 정부의 티베트 점령 과정을 생생히 지켜보았던 노년층에서는 중국 정부와 공산당에 대한 뿌리 깊은 불신이 존재하고 있으며 여전히 중국을 침략국으로 인식하고 있는 것이다.

하지만 달라이라마조차도 자치권과 종교의 자유를 보장한다면 독립을 요구하지 않겠다고 말하는 것을 보면 이제 그마저도 티베트 독립을 포기한 듯하다. 티베트 독립 문제는 아마도 달라이라마가 세상을 떠나면 한 번 더 불거질 것으로 보인다. 그 이후 이 문제가 어떤 방향으로 흘러갈지는 모르지만 이미 많은 사람들의 뇌리에서조차 티베트 독립이 요원한 일로 여겨지고 있는 실정이다. 하긴 어쩌면 더 많은 시간이 흐른 후에, 러시아의 붕괴처럼 중국도 어떤 변화를 맞이하게 될지는 아무도 모르는 일이다.

호수와 별들의 평화

꾸벅꾸벅 졸다가 깨어보니, 날이 조금 밝기는 했지만 세상에는 여전히 깨어지지 않은 침묵과 상처받지 않은 푸른빛이 흐르고 있었다. 드넓은 초원에 물줄기 하나가 휘어들고 여기저기 제멋대로 흩어져 풀을 뜯는 야크와 염소들. 놈들은 새벽잠도 없는 모양이었다. 주인도 없는 저 넓은 초원에서 야크와 염소들은 과연 길을 잃지 않고 집으로 돌아갈 수 있을까.

우리의 버스는 두세 곳의 숙소를 들러서 여덟 명의 여행자를 태우고 새벽 5시에 라싸를 출발했다. 우리의 목적지는 거대하고도 성스러운 소금 호수 남쵸^{Namtso}.

버스가 주유소에 들렀을 때 손목에 찬 고도계는 4,755m를 가리키고 있었다. 그제야 문득문득 잠에서 깨어나며 선잠을 잘 수밖에 없었던 이유를 알았다. 이른 새벽에 출발했기 때문에 나는 피곤을 이기지 못하고 잠에 곯아떨어졌지만 잠이 깊어질 때마다 본능적으로 깊은 한숨을 쉬고는 했다. 호흡이 얕아지면서

체내의 산소가 부족해지면 그 부족한 산소를 채우기 위해 몸에서 깊은 한숨을 요구했던 것이다.

버스는 주유를 마친 후부터 잘 닦인 길을 벗어나 비포장도로로 접어들었다. 여전히 무거운 구름이 깔려 있는 가운데 틈틈이 구멍 난 하늘만은 길 잃은 여행자의 서러움처럼 짙푸르렀다. 일부 공사 구간 때문에 버스가 비포장도로와 초원을 오가는 사이, 점점 햇빛을 받기 시작한 먼 설산은 더욱 찬란하게 빛났고 영원히 녹지 않을 것 같은 하얀 봉우리들은 세상에 존재하는 하얀색 중에 자신이 으뜸이라고 자랑하는 듯했다. 설산은 역시 그 어떤 약물보다 강한 중독성을 함유하고 있었다.

초원 곳곳에 자리한 유목민의 천막은 아직 잠잠하게 웅크리고 있었지만 일부 여인들은 이른 아침부터 일하러 들로 나가고 있었다. 초원 끝자락과 구름 사이에 작은 마을이 보였다. 열 손가락도 되지 않을 집들. 그들은 오르고 또 오르면 저 설산 정상에 다다를 수 있을까. 8시 30분이 되어서야 초원마저도 따뜻한 볕을 받기 시작했고 꼬마 녀석들은 멀리서도 손을 흔들며 우리들의 버스를 향해 달려오고는 했다. 마치 도시로 떠난 오누이가 몇 년 만에 돌아오는 버스라도 맞이하는 것처럼. 트랙터를 몰던 기사까지도 우리에게 손을 흔드는 것을 보고서야 나는 재빨리 창문을 열고 그들 모두에게 일일이 손을 흔들어 주었다. 그들이 그토록 열심히 손을 흔든다는 것은 아직 때가 묻지 않았다는 증거이기 때문이다.

라싸를 출발한 지 6시간 만에 남쵸에 도착했다. 버스는 다음 날 오전 10시에 출발하기로 약속했고 우리는 각자 원하는 숙소를 선택해야 했다. 숙소가 몇 개 되지는 않았지만 밤이 되면 매우 추워진다는 경험자의 조언에 따라 비교적 방

한과 방풍이 잘되는 숙소를 선택했다.

점심을 먹은 후, 기다리던 마부들과 흥정 끝에 30위안의 돈을 지불하고 두 시간 동안 말을 빌렸다. 말은 티베트산 양탄자를 안장으로 덮고 있었다. 가장 먼저 호숫가로 갔다. 티끌 하나 없이 맑은 호수는 옥빛이었고 하얀 야크 두 마리가 여행자를 기다리고 있었다. 마치 연출된 장면처럼 드라마틱하게 자신의 위치를 잡고 있는 야크와, 하늘을 그대로 품은 호수를 보면서 나는 내가 아직 보지 못한 세상의 수많은 풍경들이 궁금해졌다. 그곳에는 어떤 모습으로 단장한 풍경들이 여행자를 기다리고 있을까.

언덕 정상으로 올라가기 시작했다. 멀리 어깨를 나란히 한 설산들과 구름들의 높이가 같았다. 바람마저 조심히 제 길을 갈 정도로 세상이 적막한 가운데 하얀 불탑 아래를 지나는 순례자 한 명이 보였다. 그곳에서 말과 함께 마부들을 내려 보냈다. 겨우 열댓 살이 넘은 녀석이면서도 담배를 피워 물던 놈이었다. 이곳 남쵸에서는 녀석뿐이 아니고 거의 모든 아이들이 담배를 피우고 있었다. 그것도 아무렇지도 않게 어른들과 마주앉아서. 문화가 다르니 어쩔 수 없는 일이었지만 익숙할 수 없는 모습이었다.

나는 무엇이 부족했는지 그 언덕을 내려와 맞은편 언덕을 다시 올랐다. 그곳에서 오랜 시간 빛에 바래어 낡아버린 룽다^{부처님 글이 빼곡히 쐬여 진 깃발}를 바라보았다. 낡을 대로 낡아버린 깃발은 호수보다 늙어 있었고 평화롭다는 말로는 부족한 남쵸는 설산만큼이나 강한 중독성을 품고 있었다.

그날 저녁, 남쵸의 일몰은 황금보다 찬란했고 비단보다 섬세했다. 남쪽 하늘이 잠시 황금빛으로 물들더니 이내 잿빛으로 변했고, 서쪽은 푸르고 붉은 빛을 조금 더 오래 간직했다. 거대한 석상처럼 서 있는 두 개의 기둥 바위가 그날의 모든 일몰을 완성시켜주었고 나는 서쪽 하늘마저도 검게 변할 때까지 호숫가에 앉아 시냇물 소리를 닮았던 파도의 일렁임을 들었다. 하지만 이방인의 아쉬움은 일몰보다 길었다.

날이 완전히 어두워진 후에는 아주 짧게 포장된 아스팔트로 가서 누웠다. 밝게 빛나는 별무리들을 편하게 감상하고 싶었기 때문이다. 하늘의 별들은 너무 밝게 빛났고 한겨울의 눈처럼 일제히 땅에 내려앉았다. 한참을 누워서 알고 있는 별자리들을 찾아 헤매다 밝은 불빛에 놀라 일어나 보니 사륜구동 차량이 달려오고 있었다. 그렇게 누워 있다가 잠이라도 들면 큰 사고가 날지도 모른다는 생각이 들었다.

돌아온 숙소에서는 여흥이 한창이었다. 전통 음악이 틀어져 있었으며 누군가는 밥을 먹고, 누군가는 차를 마시고, 또 누군가는 그 음악에 맞춰 춤을 추고 있었다. 둥그렇게 원을 그린 사람들은 반복적인 발동작으로 일치된 춤을 추었다. 경쾌하면서도 그리 어렵지 않아서 남녀노소가 함께 즐길 수 있는 춤이었다.

아직 고도에 적응이 되지 않았는지 두통 때문에 새벽잠을 설쳤다. 결국 아스피린 두 알을 먹고 남은 잠을 청했다. 일출을 보겠다고 조금 일찍 일어났지만 일출은 일몰보다도 짧았다. 그래도 아침 호수는 또 다른 모습이었다. 은은하고 잔잔했다. 아무리 보아도 싫증나지 않는 호수와 초원과 설산은 오래도록 간직하고 싶은 추억 중에 하나였다. 낡아질 때까지 묵묵히 자리를 지키는 호수가 아름답다는 생각이 들었다.

세상의 끝 혹은 중심

무엇이 그리 부족한지 라싸에 머물면서도 고원 풍경이 미치도록 그리 워질 때가 있다. 아무리 달려도 먼지 날리는 황량한 길이 전부인 고원의 풍경 에, 어쩌다 그렇게 깊게 빠져 버렸는지는 알 수 없는 일이다. 그러나 문득 그런 날이 찾아오면 몸살이라도 앓고 난 사람처럼 하루 종일 맥이 빠져 있고는 했다. 나에게 티베트는 여행자가 갈 수 있는 가장 마지막 땅에 존재하는 도시로 여겨 졌고 황량한 길 자체는 수많은 질문의 연속이었다.

만약 그날 내가 간덴Ganden을 찾아가지 않았다면 나의 그리움은 어쩌면 병이 되었을지도 모르는 일이다. 간덴 사원에 가기 위해서는 조캉 사원 앞에서 6시 30분에 출발하는 미니버스를 이용해야 했다. 동이 트기 전 새벽하늘 밑에서 조 용히 잠들어 있는 조캉 사원은 참배객들이 몰려드는 한낮과는 전혀 다른 모습 이었다. 침묵과 적막은 마치 고단했던 사원의 휴식 같았다. 세상과 단절된 은밀 한 휴식.

버스 안은 참배객들과 야크 기름 냄새로 가득했고 사원에 받쳐질 각종 성물을 파는 상인들이 분주하게 오갔다. 나는 버스가 출발하기 전, 몇 번이고 통로를 오가던 상인에게 불경이 적힌 종이 뭉치를 구입했다. 티베트인들은 이 종이를 성소에서 뿌림으로써 부처님의 말씀이 널리 퍼지기를 기원하며 공덕을 쌓는다.

버스는 라싸 시내를 벗어나 한 시간 정도 달린 후 비포장도로로 들어서서는 이내 가파른 산길을 오르기 시작했다. 산은 제법 높고 가팔랐지만 구불구불 이어진 길을 오르다 보니 어느새 산 아래 마을은 점점 작아져 아득히 멀어졌다. 노란 유채꽃과 곱게 길러진 잔디처럼 푸르기만 한 보리밭. 그것들이 멀어지는 사이에 까마득하게 느껴졌던 하늘이 눈앞까지 가까워졌다. 그리고 산 정상에 마치 세상과 단절된 요새처럼 간덴 사원이 자리하고 있었다.

간덴 사원은 문화혁명기 때 폐허가 되었을 정도로 심각한 피해를 입었지만 일부를 제외하고는 거의 대부분 복원을 마친 상태였다. 얼핏 페루의 마추픽추 유적이 연상될 정도로 산 정상 언덕에 층층이 들어선 건물들은 하늘과 매우 가깝게 맞닿아 있었다.

나는 사원을 감싸고 있는 산부터 한 바퀴 돌기로 했다. 그 길은 곧 간덴 사원의 코라에 해당하는 길이었다. 코라는 훌륭했다. 이토록 빼어난 경치를 감상할 수 있는 코라도 드물 것이란 생각이 들었다. 산과 산 사이에 흐르는 먼 강은 수십 가닥의 물줄기로 흩어졌다가 다시 만나고 있었고 강가의 작은 분지에는 납작한 집들이 다닥다닥 붙어 있었다. 그 마을에서는 오늘 어떤 이야기들이 피어나고 있을지 사뭇 궁금해졌다.

코라에서 10대 중반의 학생 네 명을 만났고 아이들의 안내로 조장터도 찾을 수 있었다. 주변에는 많은 칼들이 녹슨 채 널브러져 있었고 여러 개의 망치와 도끼까지도 방치되어 있었다. 학생들의 설명에 의하면 새들이 먹어치우고 남은 뼈들은 태워진다고 했다. 실제로 한편에 작은 화덕이 있었고 안에는 타다 남은 뼛조각도 보였다. 이런 방식은 뼈마저도 다져서 새에게 주는 방법과는 차이가 있었으며 비교적 나무가 흔한 라싸 주변의 특성 때문에 가능한 일이 아닌가 짐작되었다.

조장에 대해 어떻게 생각하는지를 묻는 나의 질문을 이해하지 못할 정도로 아이들은 조장을 너무도 당연하게 받아들이고 있었다. 그런 아이들에게 조장을 진행하는 돔덴의 지위에 대해서 물었다. 어느 학생은 돔덴은 그저 돔덴이라고 답하기도 했지만 어떤 학생은 보통 이하의 천한 사람이라고 답하기도 했다. 그리고 내가 주변에 방치된 녹슨 칼을 만지려고 했을 때도, 나의 행동을 제지하며 그것들을 부정 타는 물건으로 취급했었다. 의미를 부여하기 좋아하는 호사가들의 주장처럼 조장이 죽은 육신마저도 훌훌 털어버리고 떠나는 성스러운 의식으로 여기고 있지는 않아 보였다.

하늘을 날고 있던 서너 마리의 독수리들은 어느새 수십 마리로 늘어 있었다. 놈들이 우리 가까이에 내려앉지는 않았지만 우리의 머리 위로 낮게 비행할 때는 위협이 느껴질 정도로 큰 덩치들이었다. 아마도 오래도록 그곳에 머물러 있는 우리들을 발견하고는 당연히 '먹잇감'을 갖고 온 조장 일행들로 여겼던 모양이다.

코라를 돌아 사원 내부로 들어섰다. 그리고 사원 안에서 아이들과 헤어졌다.

사원 대법당 앞에서는 영화인지 드라마인지 모를 촬영 준비가 한창이었고 배우와 몇몇 엑스트라들이 감독의 사인을 기다리고 있었다. 사원 이곳저곳을 돌아다니다 갈증을 느낀 나는 작은 법당으로 들어가 젊은 스님에게 물을 부탁했다. 잠시 후 스님은 따뜻한 물과 함께 설탕을 내왔다. 설탕의 용도를 정확하게 이해할 수는 없었지만 매우 친절한 스님임에는 틀림없었다. 스님의 나이를 물었다. 나이는 스물세 살이지만 얼굴은 아마도 서른세 살처럼 보일 것이라며 매우 쑥스러운 표정을 지었다. 나는 민망해하는 스님에게 스물두 살 정도로 짐작했었다고 말해주었다. 사실 강한 햇빛과 건조한 기후에 노출되어 있는 그들의 피부가 나이에 비해 훨씬 늙어 보이는 것은 어쩔 수 없는 일이었다.

고맙다는 인사를 남기고 법당을 나와 사원 정상을 거쳐 코라 초입으로 되돌아갔다. 그곳에서 성물을 파는 청년에게 작은 룽다를 구입했다. 그리고 이미 만국기처럼 길게 걸려 있는 룽다 어느 끝자락에 나의 것을 매달았다. 나의 여행을 위해 기도해주었던 사람들과 늘 나를 걱정해주는 사람들을 위한 작은 보답이었다. 내가 매단 깃발이 오래오래 바람에 날리는 동안 그들 모두의 소원도 조금 더 인내심을 발휘해주었으면 좋겠다는 생각을 했다. 그리고 버스에서 구입했던 종이를 그곳에서 뿌렸다. 그것 역시 나를 기억해주는 이들을 위한 선물이었다.

라싸로 되돌아가는 버스는 2시에 출발하기로 되어 있었다. 아직 시간은 충분했고 나는 간덴을 좀더 느끼고 싶었다. 그래서 간덴이 훤히 내려다보이는 더 높은 언덕으로 올라갔다. 귀한 것을 너무 가까이서만 보다가 조금 멀찍이 떨어져서 바라보는 것은 매우 특별한 경험이었다. 그 언덕 위에서 바라보는 간덴 사원의 전경이 매우 짙고 깊었기 때문이다. 그리고 우리가 올라왔던 굽이굽이 휘어

진 도로는 아득함과 힘겨움을 간직하고 있었다. 버스 한 대가 먼지 꼬리를 길게 달며 그 길을 오르고 있었다. 좌우를 오가는 동안 버스는 한 계단씩 높아갔고 하늘로 이르는 길은 점점 그리움을 더하고 있었다.

이미 이곳은 수많은 여행자와 순례자들이 지나간 곳이다. 그러나 아직 아무도 거쳐 가지 않은 신성한 도시라도 발견한 탐험가처럼 나는 가슴 뛰는 감동에 젖어 있었다. 그리고 티베트는 어쩌면 세상의 끝이 아니고 중심일지도 모른다는 생각을 했다. 하늘과 바람과 구름은 물론이고 사랑과 이별까지도 모두 이곳에서 시작되었다는 비밀을 낮게 돋아나는 들풀들과 먼지 날리도록 척박한 흙길들이 속삭여주고 있었기 때문이다.

떠날 준비

사실 두 번째 티베트 여행은 오로지 카일라스를 위해서였다. 티베트인들은 그곳을 신이 거하는 성스러운 산으로 믿고 있으며 많은 사람들이 카일라스 순례를 평생의 염원과 숙제로 생각하고 있다. 때문에 티베트 여행에서 카일라스를 제외한다면 아마도 그 무게감은 상당히 경감할 것이다.

하지만 보름 정도 일정이 필요한 카일라스 여행은 만만치 않은 비용이 필요했다. 차량 렌트 비용을 절약하기 위해서는 네 명 정도의 여행자가 모이는 것이 이상적이었지만 비슷한 일정을 갖고 있는 여행자를 찾는다는 것이 쉽지는 않았다. 나는 이미 한국인 한 명을 동행자로 만났기 때문에 두 명의 동행자가 더 필요한 상황이었다.

일행이 된 주태 형과 나는 거의 매일 여행사들을 찾아다녔고 일행을 구한다는 메모를 몇몇 숙소 안내판에 붙이고 확인하며 분주한 나날을 보냈다. 그러나 함께 떠날 것으로 예상했던 여행자가 카일라스 행을 포기하는 경우도 있었고 우리와의 동행을 신중히 고려했던 여행자가 다른 일행과 떠나버린 경우도 있었다. 그러다 어느 여행사에서 '에바'라는 핀란드 아가씨를 만났다. 그녀를 만난 후에는 오히려 두 명의 일행이 우리를 찾아와 카일라스 동행을 원한 경우도 있었지만 에바와의 약속을 저버릴 수는 없었다. 그래서 우리는 카일라스로 출발할 수 있는 최후의 날을 정한 후, 그때까지 다른 한 명의 추가 일행을 구하지 못하면 세 명만이 떠나기로 의견을 모았다.

에바는 상당히 꼼꼼한 아가씨였다. 그녀가 작성한 일정표를 보면서 우리가 아무리 알차게 일정을 짠다고 해도 에바보다 꼼꼼할 수는 없다는 결론을 내렸다. 가이드북을 거의 통달하다시피 정독한 후, 중요한 곳을 하나도 빼놓지 않고 효율적으로 들러볼 수 있도록 작성한 일정표였기 때문이다. 그러나 그녀가 처음 작성한 일정표는 18일 일정으로 작성된 것이었다. 우리는 상의 후 일정을 보름으로 조정했다. 그녀는 다음 날, 방문지를 그대로 유지한 채 보름으로 축소한 일정표를 다시 작성해 왔다.

우리는 여행사와의 계약서조차도 에바에게 일임했다. 그녀는 불가피한 사정으로 여행이 중단될 경우, 여행 며칠 째인가에 따라 환불 조건이 달라지는 구체적인 조항들을 매우 유리한 조건으로 계약서에 포함시켰다. 뿐만 아니라 차량이 고장 났을 경우에 대비해 차량에 견인줄을 비치해줄 것과 그것이 밧줄이 아닌 쇠줄이어야 한다는 조항까지 계약서에 첨부하도록 했다.

하지만 우리의 카일라스 여행이 후반으로 접어들면서 그녀의 꼼꼼함은 간간함을 넘어 고집으로 변했고 우리에게 잊지 못할 여러 추억들을 만들어주기까지 했다. 그러나 그런 일들을 전혀 예상하지 못했던 우리들은 카일라스로의 여행을 설레는 마음으로 준비해 나갔다. 그 과정에서 우리는 여러 차례 함께 식사를 했고 그만큼 더욱 절친해졌던 것도 사실이다.

카일라스로 떠나기 삼 일 전, 우리는 다른 동행자를 만나게 될 것이라는 희망을 완전히 버렸다. 마음을 비움으로써 기분은 홀가분해졌다. 그리고 그날 우리와 동행할 가이드와 상견례까지 마쳤다. 스무 살의 텐진은 조금 어리기는 했지만 진실해 보였고 그의 조언을 바탕으로 우리의 일정표는 최종적으로 한 번 더 수정되었다. 이로써 우리의 카일라스 여행 준비는 마무리가 되었고 우리는 떠날 날을 기다리며 각자 필요한 물품과 음식들을 쇼핑하면서 부푼 꿈을 키워 갔다.

지나간 모든 것은 추억으로 남는다

새벽 5시 40분. 늦잠 때문에 예정 시간보다 조금 늦기는 했지만 우리는 드디어 카일라스를 향해 출발했다. 검은 구름이 낮게 깔려 있었지만 우리 모두는 흥분을 감추지 못하고 들떠 있었다. 라싸를 출발한 지 두 시간 반 만에 도착한 캄발라^{Kambala}는 거대한 호수 얌드록쵸^{Yamdroktso}를 한눈에 내려다볼 수 있는 언덕이었지만 첫 번째 여행 때와는 다르게 모든 길이 포장되어 있었다.

그 언덕을 넘어 나가체^{Nagartse}에서 늦은 아침을 먹었다. 첫 여행에서 라싸로 가는 마지막 날 이곳에서 점심을 먹었었다. 그때 우리는 식탁을 밖으로 내와 따뜻한 양지에서 식사를 했었고, 유료 화장실을 이용하고도 화폐 단위를 정확하게 파악하지 못해 결과적으로 요금을 내지 않았던 어처구니없는 실수를 하기도 했었다.

텐진은 나가체가 달라이라마의 어머니를 다섯 명이나 배출한 도시라고 했다. 인도에 망명 중인 현 달라이라마까지 역대 달라이라마가 열네 명이었다는 것을 생각하면 나가체 출신 여인들이 매우 특별했던 것은 분명한 일이다.

나가체를 출발한 지 얼마 지나지 않아 빙하가 아름다운 카롤라^{Kalola}에 도착했다. 7,000m가 넘는 설산의 빙하를 매우 가까이서 바라볼 수 있는 곳이다. 날이 따뜻해지면서 빙하의 양이 줄어든 것도 같았지만 장엄하고도 섬세한 결만은 변함이 없었다. 추운 겨울에 떠났다가 봄이 돼서야 돌아온 몇몇 가족들이 우리들의 동정심에 기대기 위해 달려왔다.

카롤라를 조금 지나서 대형사고 현장을 목격했다. 각종 공산품을 가득 실은 트럭이 언덕에서 굴러 휴지처럼 구겨져 있었다. 인부들 몇이 물건들을 수습하고 있던 것을 보면 사고가 그리 오래된 것은 아닌 듯했다. 우리는 우리의 안전을 책임질 파쌍에게 다시 한 번 안전운전을 부탁했다.

댐으로 인해 만들어진 호수에 도착했다. 칼바람이 불어서 차 밖으로 나가기도 힘들었던 곳이었으나 세상은 따뜻한 계절로 변해 있었다. 아무도 말하지 않으면 침묵만이 존재하는 그곳 하늘에 새 한 마리가 날아다니고 있었고 기다리는 무엇이라도 있는 사람들처럼 우리는 제법 오래 그곳에 앉아서 시간을 보냈다. 얼음처럼 잔잔한 호수의 수면을 바라보면서 몇 시간만이라도 세상이 이대로 멈춰주었으면 좋겠다는 생각이 들었다.

다음 도시 간체^{Gyantse}에 도착 후, 에바와 주태 형은 간체 쿰붐 안으로 들어갔고 이전 여행에서 이미 사원 내부를 방문했던 나는 코라를 돌기로 했다. 약 한 시간 반 후에 입구에서 다시 만나기로 약속하고 헤어졌는데 간체 쿰붐에는 코라가 없었다. 대신 시내와 사원을 한눈에 내려다볼 수 있는 언덕으로 올라갔다. 그리고 언덕에서 내려온 다음에는 포장되지 않은 마을의 옛길과 골목을 산책했

고 사원 입구로 돌아와서는 티베트 전통 목걸이를 하나 구입했다. 그리고 라싸에서 구입했던 반지로 목걸이를 만들기 위해 주인에게 적당한 실을 부탁했다. 나의 부탁을 이해한 그녀는 알았다는 듯 손뼉을 마주치더니 어디론가 달려갔다. 서둘러 뛰어가던 발걸음에는 그녀의 친절이 가득했다. 그녀는 멋들어진 마끈을 가져왔고 우리는 그녀가 가져온 실의 여분을 잘라서 실뜨기 놀이를 했다.

점심식사 후 사원을 한 번 더 방문하기 원하는 에바를 위해 주태 형의 입장권을 갖고 내가 대신 동행했다. 난간에 얼굴을 내밀고 있던 꼬마의 사진을 찍기 위해 들어갔던 작은 건물은 겉보기보다 훨씬 고고한 법당이었다. 깨달음을 꿈꾸는 스님이 북을 치며 홀로 불경을 외우고 있었고 낡은 기둥과 힘 있는 벽화들은 세월의 흔적을 고스란히 담고 있었다.

사원에서 나와 오늘의 기착지 시가체를 향해 출발했다. 우리의 차량이 갼체 시내를 막 벗어났을 때 소나기가 내리기 시작했다. 한낮의 기온이 꽤 높았기 때문에 더욱 반가웠던 소나기였다. 그러나 멀리에는 여전히 푸른 하늘이 빠끔히 얼굴을 내밀고 있었고 우리의 차량도 비와 햇빛 사이를 오가고 있었다. 그리고 아주 멀리 푸른 하늘 뒤 잿빛 구름 어디쯤에서 거대한 물기둥을 보았다. 물기둥은 물로 만든 장막처럼 넓게 펼쳐져 있어서, 마치 또 다른 세상으로 들어가는 관문처럼 보이기도 했다. 장막을 통과하면 이곳과는 전혀 다른 새로운 세상이 펼쳐질 것처럼.

그리고 소나기에 개의치 않고 흔들림 없이 밭을 일구는 농부들의 모습은 가슴을 뭉클하게 만들었다. 그 어떤 비가림도 없이 밭둑에 둘러앉아 새참까지 먹던 사람들. 그들의 의연함은 세상이 어찌 변하든 자신의 길을 묵묵히 걸어가야

한다고 말하는 성자의 가르침 같았다. 어깨를 살짝 적시는 빗줄기조차도 어떻게든 피하기 위해 이리저리 뛰어다니는 도심의 척박함이 부끄러웠다. 진정 무언가를 병들게 하는 것은 머리와 어깨에 내리는 산성비가 아니고 내가 뱉어낸 독설과 냉소적인 눈길들이 아니었을까.

빗방울이 자꾸만 문을 두드렸고 차창 밖으로 스쳐가는 그들 뒤로 논과 밭들이 더욱 푸르러지고 있었다. 그리고 나는, 오늘 내가 달려온 길들을 돌아보며 지나간 모든 것은 온전히 추억으로 남는 것이라고 생각했다.

조금은 위태롭고, 조금은 초연하게

고단한 하루였다. 열두 시간을 넘게 달렸으니 당연한 일이었다. 그래도 우리는 체크인을 하자마자 올드타운으로 몰려갔다. 그곳 노상 기념품 시장에서 동으로 만든 작은 사자상 몇 쌍을 구입했다. 서울에 남은 벗들을 위한 기념품이었다. 처음에는 무려 180위안을 불렀던 것을 깎고 깎아서 26위안에 구입했다. 처음 불렀던 가격에 비해서 매우 만족스런 흥정 결과였다. 그러나 돈을 지불하고 돌아서는 나에게 옆집에서 같은 물건을 25위안에 주겠다고 했다. 그곳에서 추가로 한 쌍을 구입하고 돌아서는데 이번에는 그 옆집에서 또 다시 불러 세우더니 역시 같은 물건을 20위안에 주겠다고 했다. 도대체 이 물건의 적정한 가격이 얼마나 되는 것인지, 혹시 20위안조차도 터무니없이 비싼 가격은 아닌지 혼란스러웠다. 참으로 황당한 아주머니들이었으나 그런 상황에서도 서로 의좋게 장사를 지속하고 있는 모습이 더욱 당혹스러웠다.

마을 골목을 조금 헤맨 끝에 시가체 종 Shigatse Dzong 으로 올라갔다. 시가체 종은 일부 석축만 남고 폐허로 변한 성벽이었다. 칼로 잘라낸 것처럼 너무도 균일한 표면은 성벽의 견고함은 물론이고 정교한 기술력을 보여주고 있었다. 우리는 산 위에 더욱 높게 쌓여진 시가체 종 정상까지 올라가 석축에 걸터앉았다. 그곳에서 바라다보이는 시가체 전경을 두고 주태 형은 자신의 고향 영주와 너무도 닮았다고 했다. 대한민국의 어느 소도시와 티베트 제2의 도시 시가체는 어떤 유사성을 갖고 있는 것일까. 사실 나에게도 시가체 전경은 티베트가 아닌 그 어떤 곳에서 이미 본 적이 있었던 것 같은 느낌을 갖게 했다.

시가체를 마주 보고 우측으로는 타쉴훈포의 코라로 이어지는 산길이 길게 뻗어 있었다. 그리고 그 길 끝에서 할아버지와 어린 손자가 걸어오고 있었다. 그들은 작은 바람 골에 세워진 룽다 옆을 지나 반대편 언덕으로 내려갔다. 할아버지는 내리막 어느 바위에 앉아 담배를 한 대 피워 물고는 길게 연기를 내뿜었고 손자는 버려도 될 폐지를 갖고 옆에서 장난을 치고 있었다. 그들은 잠시 나를 바라보는 듯하더니 다시 일어나 자신들의 길을 갔다.

숙소로 돌아오는 길, 언덕 아래 마을에서 꼬마녀석들을 만났다. 학교에서 배운 영어를 시험해보고 싶은 듯 우리에게 말을 걸었지만 가능한 대화는 이름을 묻고 답하는 수준이었다. 더 이상의 대화는 불가능했지만 녀석들의 장난기는 무대에 홀로 선 개그맨의 원맨쇼 수준이었다. 녀석들이 재롱이 한창 무르익을 때 골목에서 걸어 나오시던 할머니 한 분이 우리를 발견했다. 할머니는 녀석들의 장난을 여행자에 대한 무례로 오해하셨는지 아이들을 혼내며 쫓아버렸다. 할머니는 우리를 보고는 몇 개나 빠진 이를 드러내며 씨익 웃어주었다. 부실한 치아에도 불구하고 할머니의 웃는 모습은 인자했고 허름한 옷차림이지만 품위

가 있었다. 내가 타쉬델레^{안녕하세요}라고 인사를 건네자 하늘로 향하도록 펼친 손바닥을 높이 들고는 타쉬델레라고 화답했다. 높이 든 손은 존경을 뜻하는 최고의 표시였다. 나이 어린 이방인에게 자신을 낮추고 경배하듯 인사를 건네준 것이다. 허리가 굽을 정도로 긴 세월을 걸어온 할머니는 겸손함으로 모든 삶을 응결시킨 듯했다. 어둡지는 않았지만 모두 응달이 되어버린 저녁 길. 할머니는 늦은 마실이라도 나가는 듯, 골목을 천천히 걸어 나갔다. 균형 잃은 할머니의 발걸음은 조금 불안해 보였지만 그래도 길은 계속되고 있었다. 조금은 위태롭고, 조금은 초연하게.

　카일라스를 향한 우리의 첫 날은 그렇게 마무리가 되었다. 다음 날 아침, 우리의 차량은 다시 긴 여정을 시작했고 에베레스트 베이스캠프까지 달려야 하는 아득한 길들이 기다리고 있었다.

두 개의 창

시가체를 떠난 지 두 시간도 채 지나지 않아 우리의 차량은 비포장 도로로 들어서야 했다. 이제부터 본격적인 고생길이 시작될 것이란 생각을 하니 그동안 달려왔던 길이 새삼 고맙기까지 했다. 우리는 마지막 포장도로를 기념하기 위해 잠시 휴식을 취하기로 했고 나는 길이 끝나는 아스팔트 바닥에 누워 아쉬움을 달랬다.

비포장도로로 접어들어 첫 마을을 지날 때 여러 대의 경운기에 나눠 타고 단체로 일을 나가는 주민들을 만났다. 그들 모두가 일제히 손을 흔들어주는 바람에 우리는 온 동네 사람들의 환영을 받으며 마을을 통과하는 기분이 들었다. 비포장도로를 들어서고 그리 오래지 않아 짐칸에 수북이 쌓여 있던 짐들이 차곡차곡 다져져 반으로 줄어버렸다.

라체로 이어지는 도로 옆으로는 강이 흐르고 있었고 가끔 양치기 소년들의 모습도 보였다. 높은 곳에서 말없이 양들을 지켜보는 소년들의 모습은 명상하는 수도자를 연상시켰다. 더욱이 아주 멀리서도 돌팔매질만으로 양들의 방향을 바꾸는 소년들의 기술은 왠지 아스라해서 자꾸만 파란 하늘과 오버랩 되고는 했다.

　라체에서의 점심은 조금 서글펐다. 우리가 점심을 먹고 있을 때 아이 하나가 대문에 기대어 식당 주인과 눈을 마주치기 위해 애쓰고 있었다. 아이가 가져온 그릇은 버려도 진즉에 버렸어야 할 사발면 용기였으며 식당 주인은 그 안에 밥과 반찬을 함께 담아주었다. 나는 식사를 마치고 며칠 간 보관하며 먹을 약간의 사과를 구입하기 위해 밖으로 나갔다. 대문 앞에서는 아이가 얻어간 음식으로 아버지와 두 아들이 이제 막 식사를 마친 상태였다. 아버지는 나를 보자 둘째 아이의 등을 떠밀었다. 나에게 가서 돈을 구걸하라는 뜻이었지만 어린 아이는 아버지의 말을 무시하고 딴 짓만 하고 있었다. 그들 옆에 뒹구는 빈 사발면 그릇이 자꾸만 마음에 걸렸다. 그 그릇이 실의에 빠진 인생처럼 허탈해 보이기도 했다. 나는 애써 그들에게 다가가 얼마간의 돈을 건네주었다.

　우리의 차량은 다시 비포장도로를 달리기 시작했다. 그리고 에베레스트 베이스캠프로 들어서는 갈림길인 쉐가르^{Shegar}에서 에베레스트 입장 티켓을 구입했다. 개인은 65위안, 차량은 405위안이었다. 차량 입장료는 셋이서 나누어 냈다.

　마침 텐진의 고향은 베이스캠프로 가는 길목에 위치한 작은 마을이었다. 우리는 텐진의 누님 댁에 방문해서 차를 대접 받았고 나는 작은 매듭을 선물로 주었다. 넓은 격자창에는 노란 커튼이 쳐져 있었고 창가의 찬장은 사원의 단청처럼 갖가지 색상으로 장식되어 있었다. 텐진의 아버지는 가난에 삶이 잠식되어 버린 여느 시골 노인과는 달리 단정한 풍채를 지니고 있었다. 텐진의 형도 대학을 졸업했으나 직장을 얻지 못하고 오토바이 기사를 하고 있다는 것을 보면 텐진의 집안이 그리 어려운 형편은 아닌 듯싶었다.

텐진의 고향을 떠나서 빠숨Pasum이라는 마을에 도착했을 때 우리 모두는 차에서 내려야 했다. 이제부터는 국립공원 차량에 탑승해야 했기 때문이다. 차량은 연예인이 타고 다니는 밴을 닮아 있었고 낡기는 했으나 티베트에서는 좀처럼 보기 드문 모양의 차량이었다. 파쌍은 그 마을에 남아 있었고 텐진과 함께 롬복 수도원으로 향했다. 차량은 점점 높은 곳으로 올라갔고 목적지에 도착한 시간이 무려 오후 9시였으나 날은 아직도 저물지 않고 있었다. 에베레스트가 정면에 펼쳐져 있었고 세계 최고봉과 이토록 편하게 조우할 수 있다는 것이 신기하기만 했다.

숙소는 오로지 한 곳. 너무 열악했고 음식은 최악이었다. 웬만해서는 음식 타령을 하지 않는 스타일이지만 우리의 차량에서 하다못해 라면이라도 갖고 오지 않은 것을 후회했다. 첫날밤부터 한바탕 파티가 벌어졌다. 홍콩에서 온 20여 명의 젊은이들이 주선한 일이었다. 우리의 파티는 아니었지만 노래하고 춤추는 그들의 흥을 외면할 수는 없었다. 아는 노래는 없었지만 함께 박수를 치고 어깨를 흔드는 것으로 충분히 즐거웠다.

에베레스트에서의 첫 날이 그렇게 저물었다. 그러나 두통 때문에 새벽잠에서 깨어나야 했다. 다행히 약을 먹지 않고도 견딜 만은 했지만 이후 선잠을 자야 했다. 더욱이 잠이 들 만하면 숨이 차서 심호흡을 하게 되는 증상은 전혀 호전되지 않고 있었다. 산소 부족이 이유였다. 결국 아스피린 두 알을 먹고 누웠으나 다시 잠드는 일에는 실패하고 말았다. 나중에 안 일이지만 에바와 주태 형도 이미 고산병에 시달리고 있었다. 주태 형은 심한 메스꺼움을 호소하고 있었고 에바는 벌써 구토까지 한 상태였다. 나와 증세는 달라도 모두 고산병 때문이었다.

그래도 새벽잠을 설친 덕분에 에베레스트와 수많은 별들을 침대에 누운 상태에서 온전히 지켜볼 수 있었다. 숙소의 창문이 워낙 넓어서 침대에 누워서도 달빛에 빛나는 에베레스트의 삼각뿔과, 꿈처럼 빛나는 별들을 고스란히 방안으로 들일 수 있었던 것이다. 나는 일부러 잠자리에 들기 전 창문의 커튼을 젖혀두었었다.

6시 30분. 일출을 찍어보겠다고 카메라와 삼각대를 들고 밖으로 나갔다. 그러나 일출은 멋지지 않았다. 아무런 색깔도 없었고 태양도 없이 날이 밝아버렸다. 아마도 고산지대의 특성일 것이다. 포인트가 될 만한 실루엣을 찾아 몇 곳을 옮겨보았지만 그것 역시 썩 마음에 내키지 않았다. 이래저래 기대했던 일출 사진은 찍을 수 없었다.

내가 카메라를 들고 이리저리 움직이고 있을 때, 푸른빛을 두드리며 마부들이 하나둘 밖으로 나오기 시작했다. 여행자를 베이스캠프까지 실어 나르는 마부들이었다. 한 명의 여행자라도 놓치지 않기 위해 일찍 잠자리를 접은 마부들은 어느새 열 명 정도로 늘어났다. 그들의 부지런함이 헛된 일이 될까 걱정했으나 다행히 홍콩인 여행자 네 명이 두 대의 마차에 나누어 타고 베이스캠프로 올라갔다.

아침은 팬케이크와 오믈렛을 주문했다. 15위안이란 가격이 조금 비싸기는 했으나 물자 공급이 쉽지 않은 지역이란 것을 감안하면 인정할 수 있는 금액이었다. 하지만 식탁에 놓인 팬케이크는 달랑 밀가루 부침 한 장이었다. 거기에 잼

이라도 바르려면 무려 15위안을 더 지불해야 했다. 사기에 가까운 음식값이었다. 패씸한 아침식사를 마치고 방으로 돌아가는데 복도 창문 뒤로 천막과 말들이 보였다. 숙소를 바람막이 삼아 살고 있는 마부들이었다. 새벽에 손님을 싣고 베이스캠프로 떠나지 못한 마부들은 겨우 바람만 피할 수 있는 천막 속에서 이제 막 하루를 시작하려는 듯 부스럭거리고 있었다. 오래된 유리창이 그들의 일상을 더 낡아 보이게 만들었다. 나는 천막 안을 들락거리는 그들의 모습을 지켜보다가 문득 몰래 남의 삶을 훔쳐보는 것 같아 시선을 거두고 방으로 돌아갔다.

그리고 내가 보았던 두 개의 창문에 대해 생각했다. 달빛에 선연한 에베레스트와 찬란한 별들을 보여주었던 새벽 창과, 행여 희망을 잃을까 염려스러운 사람들의 삶을 훔쳐보게 된 또 하나의 창. 아직 카일라스를 가지도 않았는데 세상이 자꾸만 질문들을 해오고 있었다.

사랑에 죄 없음

작은 수도원은 가난하고 궁색했다. 단 두 명의 인부에 의해 보수가 진행 중이었으며 스님의 모습은 보이지 않았다. 이곳이 건축물로서 가치가 있는 것은 아니었지만 베이스캠프를 앞두고 마지막에 위치한 종교적 건축물이란 점이 이곳의 의미라면 의미일 것이다.

에바가 갖고 있는 론니플래닛에 실린 롬복 수도원 사진 중에는 기념사진처럼 촬영된 두 명의 스님 모습이 있었다. 텐진은 사진 속의 주인공 중에 한 명을 알고 있다고 했다. 텐진의 고향이 이곳에서 그리 멀지 않은 곳이니 그를 아는 것은 어쩌면 당연한 일일지도 모른다. 텐진의 말에 의하면 그는 파계승이 되었다고 했다. 그것도 어느 비구니와 정분이 나서 자의 반 타의 반 사원을 떠나게 되었다는 것이다. 하지만 다행히도 그는 그 비구니와 결혼해서 잘 살고 있으며 트럭 한 대로 시작한 운수업이 크게 성공해서 지금은 수십 대의 트럭을 소유한 엄청난 부자가 되었다고 했다. 그는 사업에 특별한 수완이 있었던 모양이다. 운수

업 이외에도 여러 사업을 벌였고 하는 일마다 성공했으며 제법 많은 돈을 사원에 기부했다고 했다. 하지만 그를 아는 모든 사람들은 그가 파계승이란 점 때문에 그에 대한 곱지 않은 시선을 갖고 있으며, 그가 돈이 많기 때문에 앞에서는 웃어주지만 뒤에서는 늘 손가락질을 한다고 했다.

텐진의 말을 들으며 그의 사진을 찬찬히 살펴보니 웃고 있는 그는 금딱지 시계를 차고 있었다. 붉은 승복과 금딱지 시계. 그리 어울리는 모습은 아니었지만 어디선가 한두 번은 보았음직한 티베트 승려의 모습이기도 했다. 하지만 놀라운 것은 그가 양쪽 손목에 비슷한 시계를 차고 있다는 사실이었다. 그는 어쩌면 재물에 욕심이 많았던 사람이었을지도 모른다. 그리고 그가 갖고 있는 사업적 재능을 생각할 때 애초부터 수도승보다는 사업가가 더욱 어울렸던 것은 아니었을까.

"텐진, 그가 죽으면 극락에 갈까? 아니면 지옥에 가게 될까?"

그의 대답은 즉각적이지 못했다.

"지옥은 가지 않을 것 같아요. 비구니와 바람이 났지만 결국 그녀와 결혼해서 행복하게 잘 살고 있고 파계승이 되기는 했지만 사원에 많은 돈을 기부할 정도로 불심도 여전하니까요. 하지만 그의 삶이 훌륭하다고 생각지도 않고 존경할 만하다고도 생각지 않아요."

사실 나는 그 파계승에게 묻고 싶었다. 파계승이 된 것을 후회하지는 않는지, 자신의 삶에 대해서 어떤 고민들을 해왔는지. 사는 일에 과연 누가 답할 수 있겠는가. 답도 없는 우문이다. 하지만 나는 그의 대답이 어떤 것이든 그가 답할 수 있다면 그것이 곧 정답이라고 생각했다. 분명한 것은 승려이면서도 한 여인을 사랑할 수밖에 없을 정도로 그는 나약한 인간일 뿐이었으며 그것이 결코 신을 모독한 행위는 아니라는 점이다. 그리고 한 가지 더 비약하자면 돈에 약했을지도 모른다는 것. 나는 그에게 필요한 것은 자신의 삶에 대해 조금 더 고민하는 일뿐이라고 생각했다. 그럴 수 있다면 그것으로 충분하다고 생각했다.

롬복을 벗어나자 양을 몰고 산을 오르는 소년이 보였다. 소년도 우리가 궁금했는지 우리에게 다가왔지만 우리는 이내 각자의 길을 걸었고 소년의 뒤로는 하얗게 빛나는 에베레스트가 더욱 선명했다.

우리는 출발부터 간격이 벌어졌다. 보폭도 달랐고 멈추고 싶은 곳도 달랐다. 텐진이 오토바이로 에바를 태우고 베이스캠프로 먼저 올라갔다. 텐진은 에바를 내려주고 돌아오겠다고 했지만 거절했다. 오토바이보다 천천히 걸어가는 것이 더 어울리는 길이었기 때문이다. 그러나 한 시간쯤 걸었을 때 텐진이 돌아왔다. 다행히 오토바이 없이 걸어서 왔다. 하지만 돌산 중턱에 사원이 보이자 주태 형과 텐진을 먼저 보냈다. 그 사원이 궁금했기 때문이다. 올라간 사원은 아래에서 보았던 모습과는 달리 폐허였다. 룽다와 탈쵸가 몇 곳에 걸려 있었지만 이미 오래 전에 사람 흔적이 사라진 곳이었다. 하지만 바위와 바위 사이에 세워졌던 건물의 흔적을 더듬어 보는 것도 나쁘지는 않았다.

아래를 내려다보니 주태 형과 텐진이 가지 않고 기다리고 있었다. 언덕을 내려간 후 우리는 지름길로 접어들었다. 자갈들만 깔려 있던 길은 무척 피곤했고 고도가 높아지면서 호흡도 자꾸만 차올랐다. 베이스캠프까지는 약 두 시간 반이 걸렸다. 롬복에서 베이스캠프까지 8km라고 했으니 우리가 왔던 길이 그리 지름길도 아닌 것 같았다.

도착한 베이스캠프는 천막촌을 연상시켰다. 그래도 천막들 앞에는 어김없이 ○○ 호텔이라고 쓰여 있었으며 에바가 도착해 있던 곳은 캘리포니아 호텔이었다. 에베레스트와 캘리포니아의 조합은 고단함 속에 안위와 낙원이 숨어 있다는 뜻이거나 역경과 행복은 별개의 것이 아니라는 의미 같았다. 나는 배가 고팠고 가장 만만한 메뉴인 볶음밥을 두 개나 주문해서 1인분 반이나 먹어치웠다. 그리고 두 시간 넘게 낮잠을 잔 후에 바로 뒤 베이스캠프 정상으로 올라갔다. 바람은 무서울 정도로 거셌고 정면에는 검은 암벽의 에베레스트가 너무도 당당하게 펼쳐져 있었다. 그곳에서 주태 형은 작은 제를 지냈다. 누구를 위한 것인지, 의미와 이유는 묻지 않았다.

아주 오래 전 이곳에 발을 디뎠던 사람들은 과연 저 산이 세상에서 가장 높은 산이란 것을 알고 있었을까. 베이스캠프 뒤로도 길은 이어지고 있었지만 이곳까지와는 다르게 너무도 작고 초라한 길이었고 길의 끝은 에베레스트를 향하고 있었다. 그곳을 정복하기 위해 이곳을 떠났던 사람들에 의해 다듬어지고 다져진 길. 그 길을 갔던 사람들은 정상에 섰거나 혹은 실패했겠지만 개중에는 다시는 돌아오지 못한 사람들도 있을 것이다.

불어오는 바람에 얼굴을 맡기며 오래도록 그 길을 바라보았다. 그리고 이제는 바람을 등지고 저 아래 먼 곳으로 시선을 돌렸다. 사람들은 어떻게 이곳을 알게 된 것이고 왜 이런 길을 만든 것일까. 그들에게 산을 향하도록 만든 것은 무엇이고 산으로 갔던 사람들은 어디에서 그 용기들을 얻은 것일까. 바람이 자꾸만 내 등을 밀어붙이고 있었고 나는 아까부터 한계령이란 노래를 떠올리고 있었다. 내려가라, 내려가라던 산의 속삭임.

에바는 텐진과 함께 그곳 천막 호텔에서 하루를 묵을 것이고 나와 주태 형은 롬복 숙소로 내려가기로 했다. 되돌아오는 길도 역시 두 시간 반이 필요했다. 오전에 홍콩 여행자들이 떠나면서 조용했던 숙소에는 새로운 손님들이 들어오고 있었다.

다음날 오전 7시 30분, 텐진과 에바가 롬복으로 돌아왔고 우리는 8시 정각에 빠슘 행 밴에 몸을 실었다. 유리창에 온통 서리가 내려 있는 밴 속에는 전날 저녁 숙소에서 보았던 남녀 한 쌍이 동승해 있었다. 처음 그들을 보았을 때는 중국인인지 티베트인인지 쉽게 구분이 되지 않았었다. 식당 직원과 대화하는 것을 보고서야 그들이 티베트인이란 것을 알 수 있었다. 남자는 꼬질꼬질한 옷차림과 매우 검은 피부를 갖고 있었지만 도시적인 냄새가 강했고 여자는 소박하면서도 미인형이었다. 여자는 덜컹거리는 밴 속에서도 남자의 어깨에 기대어 잠이 들어 있었고 자신의 어깨를 여자에게 내준 남자는 여자의 손가락을 만지작거리며 결코 놓을 생각을 하지 않았다. 그들도 사랑이란 것을 하고 있는 것이 분명했다. 그리고 어쩌면 소박한 신혼여행을 온 것일지도 모른다는 생각이 들었다. 그들의 옷차림이 비록 가난해 보이기는 했지만 얼굴만은 선남선녀의 모습이었다. 남자의 어깨에 기대어 잠든 여자와, 자신의 어깨에 기대어 잠든 여자의 손가락을 만지작거리는 남자. 그들은 분명 행복해 보였으며 설령 여자가 잠들어 있는 것이 아니라고 해도 그들의 사랑은 증명되고도 남을 오늘이라고 생각했다. 파계승이 되었던 그도 지금의 저들처럼 사랑으로 인해 행복하지 않았을까. 세상을 살면서 답할 수 없는 것도 많지만 그렇다고 돌을 던질 수 있는 사랑이 또 어디 있겠는가. 차라리 이토록 고독한 세상을 살면서도 사랑하지 않는 자가 삶의 범법자가 아닐는지.

　에베레스트를 떠나는 우리에게, 기사는 무엇이 그리 즐거운지 신나는 전통 노래를 틀어주었다. 마치 미련 같은 것은 두지 말고 기쁘게 떠나라고 말하는 것 같았다. 그래도 나는 에베레스트를 떠나는 밴 속에서 자꾸만 돌아보고 또 돌아보았다.

　삐숨에서 우리를 기다리던 파쌍과의 재회는 무척 반가운 일이었다. 파쌍은 그 사이 차량을 깨끗하게 세차해 두었다. 특히 먼지를 뽀얗게 뒤집어쓴 실내까지 말끔하게 청소되어 있었고 우리는 그런 차가 더럽혀지는 것을 막기 위해 아무리 더워도 창문을 열지 않겠다고 다짐했다. 사실 우리의 차량은 너무 오래된 차량이라 에어컨이 달려 있지 않았다. 이제 에베레스트는 더 이상 보이지 않고 우리는 모든 것을 잊은 채 다시 길을 가야 했다.

가지 않은 길을 가라

말을 앞세운 부지런한 농부들이 밭을 갈고 있었다. 농사와 교통수단으로서의 기능을 동시에 만족시켜줄 수 있는 말들은, 적어도 티베트에서는 소보다 유용한 듯했다. 고삐 없는 망아지는 묶어놓지 않아도 염려할 필요가 없었다. 밭을 갈고 있는 어미에게서 한 발짝도 떨어지지 않고 뒤꽁무니를 졸졸 따라다니고 있었기 때문이다. 마을 근처를 흐르는 냇가가 맑았다면 좋았겠지만 에베레스트의 빙하가 녹은 물은 척박하고 건조한 땅을 지나면서 아쉽게도 뿌옇게 변해버렸다. 그래도 아낙들은 그 물에 설거지를 하거나 물지게로 물을 길어 나르고 있었다.

에베레스트 지역을 완전히 벗어난 후, 어느 갈림길에서 우리는 좌측 방향으로 접어들었다. 그 길은 우리가 이전에 달렸던 길과는 전혀 다른 새로운 길이었다. 작은 구릉들이 이어지는 평원을 달리다가 몇 채 되지 않는 아담한 마을로 접어들기도 했고, 협곡과 평원의 중간쯤이라고밖에는 표현할 수 없는 세련된 민둥산 사이의 길을 지나기도 했다. 그리고 또 다시 나타난 정갈하고 소박한 마을들. 그곳의 집들은 허리 높이의 낮은 돌담을 예쁜 치장처럼 두르고 있었고 척박한 땅에도 봄이 왔다고 곳곳에 듬성듬성 꽃들이 피어나고 있었다. 그리고 멀리 산과 산 사이에는 우리가 가야 할 길이 앞서 간 사람들의 궤적으로 남아 있었다. 팅그리로 이어지는 이 길은 내가 티베트에서 보았던 길 중에 가장 아름다운 길이었고 티베트에 오기 전에 상상했던 풍경과 가장 흡사했다.

사실 마을 안쪽 길들은 너무 좁았기 때문에 우리가 멀쩡한 길을 두고 마을 골목으로 잘못 들어선 것이 아닌가 싶은 생각이 들기도 했다. 그 좁은 길에서 말이나 마차를 탄 사람들을 만나면 그들은 어김없이 우리를 위해 길을 피해주었다. 이미 푸른빛을 띠기 시작한 밭에서 일하던 농부들도 우리를 보면 굳은 허리를 펴고 아이들처럼 손을 흔들어주었다. 나는 그 마음이 고마워서 창문을 열고 어른들에게 일일이 목례로 답했다. 그들이 목례를 이해하지 못한다고 해도 그리 중요한 일은 아니었다.

우리는 빠숨에서 텐진이 챙겨온 양고기로 아침을 대신했다. 발톱과 발목 아래 털을 그대로 남긴 채 말린 넓적다리 한쪽이었다. 맛은 쇠고기 육포와 비슷했지만 조미가 되어 있지 않아 오히려 담백하고 물리지 않아서 좋았다. 말리면서 쌓인 먼지가 고기의 일부처럼 눌어붙어 있었지만 그동안 우리가 마셨던 흙먼지의 양을 생각하면 아무 것도 아니란 생각이 들었다. 낡은 문짝 때문에 우리의 차량 안으로는 주체할 수 없을 정도로 많은 먼지들이 스며들고 있었다.

고개 정상에 오르자 멀리 구름 같은 산들이 보였고 아득한 팅그리의 모습도 보였다. 파쌍은 이런 고개 정상을 넘을 때마다 창문을 열고 '라쏠루'라고 외쳤

다. 나는 그 의미가 궁금하면서도 묻지 않았다. 파쌍은 언덕을 내려가면서 종종 브레이크를 밟아 제동력의 이상 유무를 확인했다.

팅그리는 예전과 전혀 달라지지 않은 모습이었다. 옷가지를 팔고 있는 노인에게 다가온 늙은 모녀는 염소 가죽으로 보이는 두 개의 모피를 들고 흥정을 하고 있었다. 모녀는 돈이 아니라 바닥에 깔린 속옷을 탐내고 있었다. 그러나 노상 주인은 가죽에 난 구멍을 가리키며 흠만 잡았다. 점심식사 후 노상을 살펴보니 주변 어디에도 말린 가죽은 보이지 않았고 모녀가 탐냈던 속옷도 그대로였다. 끝내 그들의 거래는 성립되지 않은 모양이었다. 모녀가 탐냈던 속옷은 첫 월급을 탈 때 부모에게 선물하던 우리의 붉은 속옷을 닮아 있었다.

사막과 호수에 빠지다

우정공로 어느 갈림길에서 우리는 앞서 간 차량의 바퀴 자국만으로 길이 형성된 시샤팡마^{Xixapangma} 방향으로 접어들었다. 그동안 달려왔던 길들이 대부분 우정공로를 기점으로 이루어져 있었지만 이제부터는 그 길에서 완전히 벗어나 본격적으로 서부 티베트 방향으로 진입한 것이다. 시샤팡마는 8,027m 의 고봉이다. 에베레스트의 8,000m급 고봉들 모두가 네팔과 티베트의 국경에 위치해 있지만 시샤팡마만은 온전히 티베트 안에 위치한 산이다. 우리는 시샤 팡마와는 상관없이 카일라스로 가고 있었지만 검문소를 지나야 한다는 이유만 으로 억울하게 시샤팡마 진입 티켓을 구입해야 했다.

이후 사막을 통과하던 우리의 차량이 모래 구덩이에 빠져버리는 사고가 발생 했다. 우리 차량뿐 아니고 이미 여러 대의 트럭과 사륜구동 차량이 모래 구덩이 에서 허우적거리고 있었다. 때문에 조심한다고 하면서도 아차 하는 순간에 우 리도 같은 신세가 되고 만 것이다. 한번 모래 구덩이에 빠진 바퀴는 가속 페달을 밟으면 밟을수록 더욱 깊이 파고 들어갔다.

우리 모두는 차에서 내렸고 다른 차량의 사람들과 힘을 합해 차량들을 하나씩 빼내기 시작했다. 모래 바람 때문에 입 안에서는 서걱서걱 모래가 씹히고 있었고 힘을 다해 차를 밀고 난 후에는 헉헉거리며 바닥에 주저앉아버렸다. 그곳이 사막이라고 해도 고도는 4,600m가 넘는 곳이었기 때문이다. 좀더 많은 사람들의 힘이 필요했지만 차량 꽁무니에 달라붙을 수 있는 사람의 수는 한정되어 있었다. 결국 뒤에 붙은 사람들은 다른 사람의 등을 미는 것으로 조금이나마 힘을 보탰다. 30분이나 헤맨 끝에 우리는 사막에서 빠져나올 수 있었다. 차에 탑승했을 때 우리의 온몸에는 수북하게 모래가 쌓여 있었고 입 안의 모래는 몇 번이나 헹구어내도 쉽게 씻겨나가지 않았다.

그러나 기쁨도 잠시였다. 그곳을 벗어난 지 그리 오래지 않아 두 번째 사막을 만났다. 이번에는 평지가 아니라 언덕이었다. 앞 차량의 도움으로 간신히 언덕을 오른 트럭이 와이어를 이용해 뒤따르는 차량들을 끌어주고 있었지만 와이어가 닿는 곳까지 진입하는 데도 어려움을 겪고 있었다. 순서를 기다리는 차량들이 사막 한복판에서 길게 줄지어 있었고 바람은 더욱 거세져 모래 바람을 맞는 피부가 따가울 지경이었다. 때문에 눈을 뜰 수 없었던 것은 물론이고 입도 벌릴 수가 없어서 차량을 미는 일이 더욱 힘에 부칠 수밖에 없었다. 결국 남들이 우리의 차량을 밀고 있는 상황에서도 나는 바닥에 주저앉아 구경만 하고 말았다.

그 사막은 남들의 도움이 없었다면 절대로 통과할 수 없는 구간이었다. 앞서 통과한 차량이 뒤따르는 차량을 끌어주었고 너나 할 것 없이 서로가 힘을 합해 차량들 하나하나를 사막으로부터 이끌어내기 위해 애를 썼다. 새삼 어려운 상황

일수록 서로 힘을 합한다는 것이 얼마나 중요한 일인지 깨닫는 계기가 되었다.

사막에서 벗어난 후 좌측에는 시샤팡마, 우측에는 거대한 호수 피크쵸^{Peikutso}를 바라보며 상쾌하게 달릴 수 있었고 몇 시간 동안의 고생도 순식간에 날려버렸다. 사실 시샤팡마보다 더 매력적이었던 것은 피크쵸였다. 호수는 워낙 거대해서 물가에 하얀 포말이 일고 있었다. 열대의 바다보다 더 아름다운 색을 갖고 있던 피크쵸. 나는 갑자기 그 호수에서 수영을 하고 싶은 생각이 불끈 솟아올랐다. 텐진은 물이 차가워서 위험하다고 했으나 에바가 한술 더 떠서 나를 거들었다. 찬물에 들어갔다 나오는 것이 오히려 건강에 좋다는 핀란드 출신다운 주장을 한 것이다. 나도 사막에서 모래를 뒤집어쓰며 고생을 했기 때문에 시원한 물에 몸을 씻어내고 싶었다.

텐진과 주태 형은 차량에서 기다리기로 했고 에바와 나는 호수를 향해 달려갔다. 그러나 가까워 보였던 호수는 꽤나 멀었다. 멀리 있는 풍경들이 가깝게 보이는 것은 광활한 티베트에서 종종 느끼는 일종의 착시현상이었다. 호수가 가까워지면서 하얗게 보였던 것도 포말이 아님을 알았다. 멀리서 보았던 파도의 정체는 하얀 가루의 퇴적물이었는데 그 성분을 정확히 알 수가 없었다. 호수에 도착해서 물맛부터 보았지만 소금기가 없었던 것을 보면 소금은 아닌 듯했다. 하지만 피크쵸는 매우 약한 염분을 함유하고 있을지도 모르고 그 미세한 염분이 오래도록 물가 주변을 넘실대면서 농도 약한 소금가루가 되었을지도 모른다는 생각도 들었다.

나는 에바가 먼저 옷을 갈아입을 수 있도록 뒤돌아섰다. 그러나 준비를 마쳤다는 신호를 듣고 등을 돌렸다가 매우 황당한 장면을 목격했다. 수영복으로 갈

아입었을 것이라는 짐작을 비웃기라도 하듯, 에바는 실오라기 하나 걸치지 않은 알몸으로 호수를 향해 뛰어들고 있었다. 물속에 몸을 담그며 괴성을 지르던 에바는 물이 차가웠는지 서둘러 물 밖으로 뛰어나왔다. 나는 예의상 다시 등을 돌렸지만 조금 굼뜬 행동 덕분에 그녀의 풍만한 앞모습을 온전히 보고 말았다.

그녀는 물 밖으로 나오자마자 숄부터 감쌌고 이제는 내가 옷을 벗을 차례였다. 애초부터 수영복이 없었던 나는 팬티까지 벗을 것인지, 아니면 팬티만은 입을 것인지 고민하지 않을 수 없었다. 에바가 보여준 알몸에 보답하기 위해서는 나 역시 팬티까지 벗어야 했지만 내 몸의 볼거리가 더 풍부하다고 생각한 나는 팬티만은 입기로 결정했다.

나 역시 환호성을 지르며 물속으로 뛰어들었다. 텐진의 말처럼 물이 제법 차가웠지만 추위가 느껴질 정도는 아니었다. 그리 멀리 들어가지 않았는데도 갑자기 발이 바닥에 닿지 않을 정도로 수심이 깊어졌다. 수면의 물빛 또한 초록에서 매우 짙은 청색으로 바뀔 정도로 그 경계가 확연했다.

머리까지 물에 잠기도록 깊게 들어갔다가 바닥에 발이 닿으면 바닥을 박차고 물 밖으로 뛰어 올랐다. 그러기를 몇 번, 이제는 끝도 없는 호수를 혼자 품으며 잠시 수영을 즐겼다. 4,500m 고원의 호수에서 혼자 수영을 한다는 것은 매우 짜릿한 경험이었다. 방금 전 사막에서 뒤집어쓴 모래도 말끔하게 씻어낼 수 있었다.

성지도 아니고 마을이 인접해 있는 것도 아닌 피코쵸. 바다를 닮은 이곳에 몸을 담갔던 사람이 과연 몇이나 될까. 은밀한 교감을 나누듯 호수와 내가 하나가 된 느낌이었다. 순간, 모든 초록과 쪽빛이 나를 위해 준비된 축복 같았다.

위기

사가^{Saga}에 도착한 시간은 저녁 8시 40분이었다. 많이 지쳐 있던 우리는 한시라도 빨리 사가에 도착하기를 바라고 있었다. 그러나 사가 시내 직전의 다리 검문소에 도착했을 때 전혀 예상하지 못한 문제와 봉착했다. 바리게이트가 쳐진 검문소 앞에 십여 대의 차량이 줄지어 선 모습을 보았을 때까지만 해도 여느 검문소의 검문 과정쯤으로 생각했다. 그러나 상황을 살피고 돌아온 텐진의 얼굴은 매우 심각하게 변해 있었다. 사가에서 원인이 파악되지 않은 전염병 때문에 여섯 명이 사망했다는 것이다. 다행히 사스는 아닌 것으로 판명되었지만 정확한 원인을 찾지 못하고 있으며 문제가 완전히 해결될 때까지는 사가에 외부인 출입이 불가능하다고 했다. 우리는 군인과 경찰 차량의 인솔에 따라 사가 시내를 통과할 수는 있지만 차에서 절대 하차할 수 없는 것은 물론이고 창문을 열어서도 안 되며 이를 위반할 경우 보름 동안 구금될 것이라는 경고를 들었다. 즉, 사가는 통과시켜줄 테니 지체하지 말고 다른 도시로 떠나라는 의미였다.

다음 도시인 동빠Zhongba나 파르양Paryang은 10시간 이상을 달려야 도달할 수 있는 거리였다. 우리도 피곤했지만 운전을 하는 파쌍은 더욱 피곤했을 것이고 그런 파쌍이 밤을 새워 다시 열 시간을 달린다는 것은 불가능한 일이었다. 그러나 더욱 큰 문제는 동빠나 파르양 역시 외부인이 머물 수 없도록 이미 통제되었다는 관계자의 설명이었다. 결국 밤을 새워 달린다고 해도 그곳 역시 우리가 머물 수 있는 상황이 아니란 뜻이며 이는 우리의 차량이 며칠이고 달리기만 해야 될 수도 있다는 이야기였다.

텐진은 검문소 직원에게 최대한 많은 정보를 얻기 위해 노력했지만 다음 도시인 동빠나 파르양을 넘어선 곳의 상황은 그 누구도 알지 못했다. 그들의 시스템 체계가 그만큼 열악했던 때문이다. 결국 쉬지 않고 며칠을 달리는 것도 불가능한 일이었지만 그렇게 도착한 다른 도시들도 사가와 같은 문제들이 발생했다면 우리들은 그 어디에도 머물지 못하고 차 안에서만 이리저리 떠돌 수밖에 없는 상황이었다. 카일라스 여행 자체가 심각하게 위협받는 일이 아닐 수 없었다.

일단 우리는 군인과 경찰의 인솔에 따라 사가 시내로 들어섰다. 여러 대의 차량이 줄지어서 서행하는 가운데 앞과 뒤에서 군인과 경찰 차량이 에스코트를 하고 있었다. 정차와 하차는 물론이고 창문도 절대 열어서는 안 된다는 경고가 아니었어도 충분히 긴장되는 순간이었다. 칙칙한 어둠이 내리기 시작한 사가 시내는 전염병이 돌았다는 선입견 때문이었는지 음산한 분위기를 넘어서 두려움까지 느껴졌다. 거리의 사람들 또한 성한 사람은 모두 떠나고 병들고 갈 곳 없는 사람들만 남아서 도시를 지키고 있는 것 같은 착각이 들었다.

사가 외곽에 다다르자 우리를 에스코트했던 차량은 우리의 행렬에서 조용히 벗어났고 더 이상의 신호가 없이도 남은 차량들은 사가 시내를 완전히 벗어날 때까지 비슷한 속도를 유지했다. 그리고 마을 끝에 위치한 주유소에서 모든 차량이 멈추었다. 사가를 떠나면 어디까지 달려야 할지 알 수 없는 상황이었기 때문에 그곳에서의 주유만은 허락 받았던 것이다. 그곳에 모인 차량들은 기름을 채우기 위해 매우 어수선한 모습이었다. 사람들은 동원될 수 있는 모든 통에도 주유를 했다. 다행히 우리 차량 적재함 바닥에는 1m 정도 길이의 드럼통이 세 개나 깔려 있었고 우리 역시 그곳에 기름을 가득 채웠다. 그리고 그렇게 채워진 드럼통은 차량 지붕에 적재했다. 텐진과 파쌍은 이 모든 일이 진행되는 과정에서도 우리가 차량에서 절대 내리지 못하도록 했다. 여러 대의 차량들이 뒤엉켜 긴박하게 움직이는 모습들은 마치 전쟁이나 천재지변을 앞두고 만일의 사태에 대비하는 비장한 모습 같아서 불길함과 긴장감이 감돌았다. 전염병이 사스는 아니라고 했지만 에바는 우리가 닭고기를 먹지 않은 것이 다행이라고 말했고 나는 시가체에서 먹은 만두국의 재료가 닭고기였던 것이 은근히 마음에 걸렸다.

텐진은 라싸의 여행사로 전화를 하겠다고 했다. 동빠와 파르양까지 통제가 되었으니 설령 그 다음 도시인 다르첸에 도착한다고 해도 지금 상황에서는 그 어떤 것도 보장될 수 없었기 때문이다. 그리고 그 어디에도 머물지 못하고 이리저리 며칠이고 떠돌게 된다면 우리도 매우 위험해진다는 것이 텐진의 의견이었다. 주유소의 도움으로 라싸 여행사와 통화를 하고 돌아온 텐진이 통화 내용을 설명했다. 현재 라싸에 이 지역 소식은 전혀 알려진 것이 없으며 일단 사가는 통과했으니 계속 진행하는 것이 좋겠다는 것이 여행사 사장의 의견이라고 했다. 경찰이 다르첸에 대해서는 아무런 정보를 주지 못했지만 사가를 통과시켜 준 것은 다음 도시에 큰 문제가 있는 것은 아닐 가능성이 높은 증거라는 것이다. 전염병이 다음 도시에도 심각하게 퍼져 있다면 애초부터 사가 통과가 어려웠을 것이란 것이 여행사 사장의 생각이었다. 사가를 통과하지 못했다면 당연히 라싸로 돌아와야겠지만 지금 상황에서 여행을 중단하는 것은 아쉬움이 크다는 의견은 제법 설득력이 있었다. 그리고 매우 긴장된 상태였던 우리보다는 이성적이고 현명한 결정으로 보였다.

시간은 이미 10시가 넘었지만 우리는 어두워진 길을 달리기 시작했다. 하늘에는 유난히 밝은 별 하나가 빛나고 있었고 높은 언덕을 하나 넘었을 때 허허벌판에 오막살이 하나가 또 하나의 별이 되어 빛을 발하고 있었다. 차를 세우고 텐진과 파쌍이 그 집으로 찾아갔다. 사정을 설명하고 하룻밤 묵을 수 있는지 알아보기 위해서였다. 아쉽게도 우리의 부탁은 거절되었지만 자신들이 살기에도 열악한 시골의 외딴집이었으니 그것은 어쩌면 당연한 결과였다. 다행히 얼마 지나지 않아 십여 채의 집들이 모여 있는 마을이 나타났지만 분위기만 살펴보고 그대로 통과했다. 아무리 봐도 외지인이 묵을 수 있는 집들이 아니었기 때문이다. 우리는 사가를 40km 정도 벗어날 때까지 더 이상 마을을 만나지 못했고 파르양은 240km나 떨어져 있으니 무턱대고 달리기만 할 수도 없는 노릇이었다.

결국 우리는 노숙을 하기로 결정했다. 어쩔 수 없는 선택이었다. 다행히 작은 언덕 사이에 차량 한 대가 들어갈 수 있는 공간을 발견했고 그곳에서 밤을 보내기로 했다. 그리고 각자 준비했던 비상식량들을 확인하기로 했다. 앞으로 만나는 도시들이 사가처럼 외부인을 통제하고 있다면 음식도 먹을 수 없다는 이야 기였기 때문에 우리가 갖고 있는 음식으로 며칠을 버틸 수 있는지 계산이 필요 했던 것이다. 나는 라면 스무 개와 사과 여섯 개가 전부였고 주태 형도 크게 다르지 않았다. 그러나 라싸를 출발할 때 에바가 실었던 커다란 마대자루에는 상 상을 초월하는 음식들이 들어 있었다. 여러 종류의 비스킷은 물론이고 아몬드, 호두 등의 견과류와 말린 과일들도 몇 가지나 되는지 몰랐다. 그것뿐이 아니었 다. 아침식사로 며칠을 먹고도 남을 씨리얼과 밀크 파우더 등을 합하면 우리 모두 한 달이라도 먹고살 수 있을 것 같았다.

어느새 우리의 긴장감은 서서히 풀어지기 시작했고 급작스런 노숙에 대해서 도 오히려 즐거워하고 있었다. 안정을 되찾으면서 위기감 대신 이 모든 것이 특별한 경험이란 생각을 하기 시작한 것이다. 그리고 농담들을 주고받기 시작 했다.

"사과를 반씩 잘라서 먹으면 나는 며칠은 버틸 수 있을 거야. 그래도 오늘은 한 개씩 먹어치우자. 내일은 내일이니까."

"아니야. 내 음식으로 오늘 파티를 하자. 언제 우리가 티베트에서 노숙을 해 보겠어. 이건 정말 특별한 경험이야. 마음껏 먹어보자고."

그날 우리는 티베트 여행에서 가장 푸짐한 저녁을 먹었다. 텐진도 매우 즐거 워했다. 이런 예측불허의 상황은 누구의 책임이 아님에도 불구하고 어떤 여행 자는 가이드에게 모든 책임을 전가하며 화를 내기도 한다는 것이다. 하지만 우리는 이 상황을 즐기고 있으니 너무 행복하다고 했다.

잠자리에 들기 전, 한밤의 추위를 피하기 위해 우리는 갖고 있는 모든 옷을 껴입었다. 파쌍은 자신의 자리인 운전석에서 자기로 했고 주태 형은 운전석보다 조금 널찍한 조수석을, 에바는 여자라는 것을 배려해서 넓은 뒷좌석을 주었다. 나와 텐진은 침낭을 덮고 밖에서 자기로 했다. 우리는 각자 최대한 반듯한 바닥을 찾은 후 돌을 골라냈고 아무런 추가 장비 없이 침낭 속에 들어갔다. 보름을 이틀 앞둔 달은 만월에 가까웠지만 많은 별들이 빛나고 있었다. 그리고 내일에 대한 걱정은 모두 잊은 채 잠에 빠져들었다.

모면

아침 7시에 눈을 떴다. 의외로 편한 잠자리였다. 새벽에 몇 번 깨어나기는 했지만 추워서가 아니라 바닥에 몸이 배겼기 때문이다. 밤사이 몇 대의 트럭이 우리 앞을 지나갈 때도 잠시 선잠을 자기는 했지만 이내 깊은 잠에 빠져들었다. 오히려 조수석을 차지했던 주태 형은 다리를 뻗을 수 없어 밤새도록 잠을 설쳤다고 했다. 그리고 주태 형의 말에 의하면 밖에서 잠들었던 나와 텐진 주변에 예닐곱 마리의 개들이 밤새도록 어슬렁거렸다고 했다. 처음에는 여우나 늑대인 줄 알고 깜짝 놀랐는데 가만히 살펴보니 개들이라 우리를 깨우지 않았다고 했다. 그리고 그 개들은 우리가 전날 배불리 먹고 남긴 음식 찌꺼기들을 깨끗하게 먹어치웠다.

아침이 되어서야 우리가 잠들었던 주변 경관을 정확하게 파악할 수 있었다. 우리는 약간 높은 곳에 위치해 있었고 바로 앞으로는 몇 줄기로 나누어진 작은 강이 흐르고 있었다. 다시 짐들을 챙기고 이동을 시작했다. 전날 저녁이야 뜻하지 않은 노숙까지 즐거워할 정도로 긴장이 풀리기는 했지만 다음 도시로 출발하는 시점에서는 조금씩 걱정이 되살아나기 시작했다.

그러나 우리의 이런 걱정은 예상보다 빨리 해결되었다. 그리 오래지 않아 마주 오는 트럭을 만났는데 파쌍이 그 트럭을 세우고 동빠와 파르양의 소식을 물었다. 트럭 기사는 두 곳 모두 식사는 물론이고 잠도 잘 수 있을 정도로 아무런 통제가 없다고 말했다. 그 이야기를 듣자마자 우리 모두는 차안에 앉아서 하이파이브를 하며 난리를 피웠다. 우리의 카일라스 일정에 아무런 문제가 없게 되었으니 이제 우리에게 남은 일은 기쁜 마음으로 달리고 또 달릴 일만 남은 것이다.

전날 저녁 사가에서 40km나 떨어진 곳에서 노숙을 했기 때문에 예상보다 일찍 동빠에 도착할 수 있었다. 동빠는 장거리 이동 중인 사람들을 위한 식당이 하나 있기는 했지만 매우 작은 마을이었다. 식당을 제외하면 마을은 텅 비어 있다는 느낌이 들었다. 인적을 느끼기도 힘들었다. 그곳에서 우리는 감자 하나만을 지목했음에도 감자와 고기를 이용한 매우 훌륭한 덮밥을 맛볼 수 있었다. 그곳부터 파르양까지는 길이 좋아져서 서너 시간이면 도착할 수 있다고 했다. 덕분에 우리는 점심식사 후 느긋하게 휴식을 취했다.

그러나 나는 그 마을에서 요상한 상상들을 했다. 집도 몇 채 되지 않았지만 그나마 폐허가 된 집들이 많아서 마을 분위기가 묘했기 때문이다. 우리는 자연스럽게 이곳을 오게 되었지만 사실은 누군가의 계획된 각본에 말려든 것이고 마을이 비어 있는 것 같지만 지금 이 순간 모두들 어디선가 숨어서 우리를 지켜보고 있을지도 모른다는 생각이 들었다. 멀리 마을 끝 언덕에서 두 명의 남자가 일을 하고는 있었지만 사실 그들도 자기 일을 하는 것이 아니고, 그저 자기 일을 하는 척 연출을 하고 있는 것은 아닐까. 우리는 어떤 일이 벌어질지도 모른 채 매우 위험한 마을에 들어오게 되었고, 점점 위험 속에 노출되면서 벗어날 수 없는 미궁 속으로 빠져들게 될지도 모른다는 상상. 공포 영화에나 등장하는 설정들을 상상하고 있었던 것은 아마도 전날 사가의 충격이 남았던 탓일지도 모른다는 생각이 들었다.

파르양에 도착했을 때 사가에 대한 좀더 다양한 소문들을 들었다. 사가에 퍼진 전염병 때문에 처음에 어린 형제 두 명이 사망했고 이후 사망자가 열다섯 명으로 늘었다는 것이다. 이곳에서 사가로 향하는 차량들 역시 사가는 머물지 못하고 그대로 통과해야 한다고 했다.

파르양에서 나는 그동안 밀렸던 빨래를 모두 해치웠다. 우물가에서 물을 길어 찬물에 샤워를 했고 며칠 동안 뒤집어쓴 먼지 때문에 덖진 머리는 무려 다섯 번이나 감고서야 흙물을 빼낼 수 있었다. 이제 카일라스가 코앞으로 다가왔다.

아직 남은 푸른빛까지도 _카일라스 순례길

카일라스까지 이어지는 길은 대부분 평원이었고 그만큼 길도 편했다. 평원은 연한 녹음이 깔려 있었지만 아침 햇빛을 받은 곳만은 유달리 노랗게 빛나고 있었다. 특별한 볼거리는 없었지만 가끔 무리 지어 몰려다니는 야생 동물은 매우 신선했다. 당나귀처럼 생긴 놈과 아프리카의 파수꾼이라는 미어캣을 닮은 동물이었다. 당나귀처럼 생긴 놈들은 우리와 먼 거리를 유지하고 있었음에도 차량이 지나갈 때면 이리저리 날뛰며 줄행랑을 쳤고 미어캣을 닮은 동물은 순식간에 땅속으로 숨어들었다.

이른 오후 다르첸이 가까워졌을 때, 황량한 산줄기들 너머로 하얀 설산 봉우리 하나가 보였다. 우리가 그토록 그리워했던 카일라스였다. 저것을 보기 위해 너무 오랜 길을 달려왔다는 생각을 하니 가슴이 벅차올랐다. 우리는 차를 멈추고 차량 보닛 위에 걸터앉아 산을 감상했다. 곧 순례에 오를 산이지만 이제 막 조우한 첫 만남의 감동 또한 각별한 것이니 그것들을 찬찬히 어루만지고 싶어

서였다.

　다르첸은 카일라스의 순례길 입구에 위치한 마을로 카일라스를 찾은 순례자나 여행자들은 모두 이곳에서 머문다. 우리는 그곳에서 하루를 보내고, 다음 날 아침 드디어 카일라스 순례길에 올랐다. 날씨는 좋지 않았다. 하늘은 칙칙했고 가끔씩 진눈깨비와 빗방울도 날렸다. 카일라스 코라로 들어서는 입구에는 경구가 새겨진 야크 뿔이 놓여 있었고 룽다 주변에는 옷가지들이 버려져 있었다. 텐진의 설명에 의하면 룽다 주변에 버려진 옷은 자신의 안녕을 기원하는 사람들이 자신의 옷가지 중에 하나를 그곳에 버렸기 때문이라고 했다. 저만치 앞에 단출한 봇짐으로 길을 가는 티베트 순례자 몇이 보였다. 우리는 말없이 그들을 뒤따랐다.

　넓찍한 바위 위에 형성된 조장터는 간덴 사원의 조장터처럼 칼과 도끼들이 아무렇게나 널브러져 있었다. 핏물이 짙게 밴 바닥에는 뼛조각과 머리카락들도 굴러다녔다. 그곳쯤부터 카일라스가 보여야 했지만 카일라스는 구름에 가려 있었다. 때문에 웅장한 협곡의 모습도 제대로 감상할 수가 없어서 아쉬웠다.

　협곡을 얼마 걷지 않아 절벽 위에 위태롭게 자리한 작은 사원이 보였다. 어렵게 올라간 사원의 법당은 잠겨 있었다. 텐진이 어딘가에서 스님을 불러왔고 스님은 굳게 잠긴 법당 문을 열어주었다. 나는 그곳에서 서울에 있는 누군가를 위해 두 개의 등잔을 밝혔다. 한 사람은 카일라스로 가는 길에 사람이 찾지 않는 작은 사원이라도 있거든 그곳에서 촛불 공양을 해달라고 부탁했고, 다른 한 사람은 자신의 소원 중에 더도 말고 반 정도만 이루어질 수 있도록 티베트를 여행

하면서 기도해 달라고 했었다.

기다란 향을 이용해 커다란 등잔에서 불을 옮겼다. 향을 흔들어 불을 11자 연기가 피어오르며 법당 가득 향기가 퍼졌다. 불붙은 두 개의 등잔을 제단에 올려놓는 순간, 나는 전혀 예상하지 못한 감정에 압도되었다. 그것은 매우 평온한 느낌이었으나 조금 의외의 상황이었기에 당황스럽기도 했다. 커다란 등짐을 내려놓을 때의 홀가분함 같기도 했고, 삶의 고해성사라도 마친 것 같은 느낌이기도 했다.

"에바, 나는 불자가 아닌데도 등잔을 밝히는 순간, 마음이 너무 평화로워졌어."

"오~우~ 너에게도 불교도의 피가 흐르는 모양이다."

하긴 내 외가의 깊은 뿌리가 불교와 깊숙이 맞닿아 있으니 전혀 틀린 소리도 아니었다.

텐진은 내가 밝히는 등잔이 지옥에 있는 자들을 위한 것이라고 했다. 모든 사람은 죽으면 지옥으로 가며, 그곳에서 천국에 갈 사람과 그곳에 남을 사람이 갈린다고 했다. 그러나 그곳은 아무 것도 보이지 않을 정도로 어두워서 눈을 감고 있는 것과 같다고 했다. 내가 하나의 불을 밝힐 때 그곳에 또 하나의 불이 밝혀질 것이고, 그 불빛은 어둠 속에서 두려워 떨고 있는 누군가에게 희망이 된다고 했다. 나의 불심에 따라 그 불빛은 아주 멀리까지도 갈 수 있다고 했다.

"불자가 아니고 믿음도 없는 사람이 등잔을 밝히면 아무 소용이 없는 거야?"

"그럴지도 모르지만 등잔을 밝힌 것 자체로 신은 기뻐할 거예요."

내가 밝힌 등잔이 진정 가야 할 곳을 찾지 못하고 어둠 속에서 헤매는 그들에

게 환한 안내자가 되어주길 바랐다. 비록 나에게 믿음이 없다고는 해도 그 빛이 가능하면 좀더 먼 곳까지 닿기를 희망했다. 그렇게만 된다면 나를 빌어 등잔을 공양한 서울의 누군가는 살아서 작은 공덕 하나는 쌓은 것이니 그 또한 의미 있는 일이 아니겠는가.

날은 여전히 좋지 않아 하루 종일 걸으면서도 카일라스 정상은 볼 수가 없었다. 그래도 금방 비라도 뿌릴 것처럼 낮게 내려앉은 구름과 수분 가득한 안개는 카일라스의 순례길을 조금 더 신비롭게 만들었다. 넓은 품으로 아래를 굽어보던 거대한 협곡의 산들도 자연의 큰 자리를 확인시켜주고 있었다. 그리고 자신의 욕심은 세상에 양보하고 말없이 길을 가던 겸손한 순례자들. 가끔 그 모든 풍경이 아스라해서 자꾸만 손을 뻗어보고는 했다.

이날의 산행은 무척 힘겨웠다. 유달리 높다고 할 만한 언덕이 없었음에도 우리의 발걸음이 쉽게 지쳐갔던 이유는 거센 맞바람 때문이었다. 카일라스가 이방인의 접근을 거부한 것은 아니겠지만 순례자의 고행이 어떤 것인지 일깨워주려는 것 같았다. 카일라스라는 커다란 이름 앞에서 우리는 앞으로 나가지 못하고 자꾸만 무릎이 꺾이고 말았고 자주 걸음을 멈추고 바닥에 주저앉았으며 작은 고개도 높게만 느껴졌다.

멈추었던 진눈깨비는 오후 4시가 되면서 다시 내리기 시작했고 예상 시간을 두 시간이나 넘긴 오후 5시에 디라북에 도착할 수 있었다. 디라북의 숙소는 네 곳이었다. 일반 숙소 두 곳과 천막 숙소 두 곳. 그러나 인도인 단체 순례자들 때문에 일반 숙소는 모두 만원이었다. 천막 숙소는 여섯 개의 매트가 깔려 있었는데 몇 년 동안 단 한 차례도 청소되지 않은 것이 분명했고 바닥도 조각난 나무

판들을 얼기설기 깔아서 울퉁불퉁했다. 그러나 다른 천막 숙소도 사정은 비슷하고 이곳은 저녁에 장작불이라도 피워준다고 했으니 그나마 다행이었다.

그리고 어느새 텐트 밖에는 폭설에 가까운 함박눈이 내리고 있었다. 6월에 내리는 함박눈은 이곳이 분명 카일라스라는 것을 증명하고 있었다. 생전 처음 눈을 본 사람처럼 텐트 밖으로 뛰어나가 머리와 어깨에 눈을 받아내면서도 그 모습이 너무 아름다워 아무 말도 하지 못했다. 그러나 밤이라도 샐 것 같던 6월의 눈 잔치는 그리 오래 가지 않았다. 20여 분도 지나지 않아서 눈발은 사라졌고 내린 눈도 누군가의 마술에 걸릴 듯, 삽시간에 녹아버렸다. 그러나 산중에 내린 어둠에도 불구하고 하늘만은 더욱 푸르게 빛나고 있었다. 그 푸른 하늘 한 가운데 봉우리처럼 우뚝 솟은 카일라스가 하얗게 서 있었다. 카일라스는 오늘 하루 동안 우리에게 보여줄 수 있는 모든 날씨를 선보이는 듯했다.

카일라스는 여느 산세와 확연히 다른 모양새를 하고 있었다. 둥근 듯 솟아오른 봉우리는 거대한 원기둥처럼도 보였고 위치적으로 여느 산과 매우 동떨어져 있는 느낌도 들었다. 때문에 그 어떤 능선과도 연결되지 않은 채 움푹 파인 어느 대지에 뿌리를 두고 있을 것 같았다.

나는 돌무더기 언덕을 오르기 시작했다. 밤이 되면서 오히려 더욱 맑아지고 파랗게 빛나고 있는 카일라스와 그 하늘을 바라보면서 최대한 높이 올라갔다. 그리고 돌무더기 언덕 어디에 앉아 거대한 카일라스의 석벽에서 숨은그림찾기를 했다. 조금 억지스럽기는 했지만 사람의 옆얼굴과 두 손을 모은 여인의 모습을 찾아내며 카일라스의 모습 하나하나를 기억하고 또 기억했다. 그것이 성스러운 카일라스를 오래도록 잊지 않는 방법일 듯싶었다.

　숙소로 돌아올 때는 지름길인 계곡을 이용했다. 날이 많이 어두워져 조금 서둘러야 했기 때문이다. 계곡은 두꺼운 얼음으로 덮여 있었지만 약한 부분이 많아 얼음 위를 걸을 수는 없었다. 사람의 발길이 닿지 않았던 돌무더기들도 자리를 잡지 못해 잘못 밟았다가는 몇 미터씩 아래로 밀려 내려갔다.

　언덕을 다 내려온 후, 아직 조금은 남은 푸른빛이 완전히 사라질 때까지 그날의 하늘을 온전히 지켜보았다. 하얗게 빛나던 카일라스의 능선마저도 검게 변할 때까지.

눈물은 들키지 마_카일라스 순례길

잠자리는 사가에서 노숙을 했을 때보다도 불편했다. 바닥이 워낙 울퉁불퉁했기 때문이다. 잠들기 전 판자 조각들이 깔린 바닥을 어찌 해보려고 했지만 방법이 없었다. 베개로 사용한 배낭도 짐을 줄이기 위해 옷가지는 하나도 챙기지 않아서 너무 딱딱했다. 입은 그대로 며칠을 버티며 짐을 줄이기 위해 비워낸 배낭 안에는 의외의 물건이 들어 있었다. 이미 촬영을 마친 수십 롤의 필름 뭉치. 우리의 남은 짐들은 차량에 보관했는데 그 짐들이 분실될 가능성을 생각하지 않을 수 없었다.

어제와 달리 화창한 날이었다. 아직 보이지도 않는 해는 카일라스 측면을 비추고 있었고 그 빛을 받은 카일라스 일부가 황금빛으로 빛나고 있었다. 게으른 달이 아직도 중천에 머물고 있는 가운데 출발을 서둘렀다. 오늘 순례길의 최고 정점을 넘어야 하는데 눈이 녹기 전에 그곳을 넘는 것이 그나마 발걸음을 가볍게 할 수 있는 방법이기 때문이다.

5,200m가 넘는 지점에서 다시 조장터를 보았다. 어제 보았던 조장터는 일반인들의 조장이 행해지는 곳이고 이곳에서는 신분이 높은 사람들의 조장이 행해진다고 했다. 한때 우리와 같이 호흡하다 먼저 떠나간 사람들. 생을 정리하기 위한 마지막 순간까지 고행은 계속되고 있었지만, 죽은 후에도 낮은 자와 높은 자의 길이 달라야 한다는 것은 결국 남은 자들의 욕심이 아니었을까. 아무렇게나 버려져 눈 속에 파묻힌 옷가지처럼 다 같이 허망한 세상살이일 뿐이다.

고도가 높아질수록 세상은 온통 얼어 있었고 오늘 우리가 넘어야 하는 정점도 아득히 시야에 들어오기 시작했다. 말을 타고 올라간 인도인 순례자들은 벌써 산 중턱까지 올라서고 있었다. 다행히 나의 체력도 어제와 다르게 매우 양호했고 걱정했던 두통도 없었다. 5,300m에 이르자 이제부터 완전히 눈길이었다. 눈들이 얼어서 다행이긴 했지만 그래도 어쩌다 한 번씩은 발이 30~40cm까지 푹푹 빠질 정도로 깊었다. 말을 탔던 사람들도 이 구간에서는 모두 내려야 했다. 말 스스로의 무게 때문에 사람보다 자주 눈밭에 발이 빠져서 자꾸만 휘청거렸기 때문이다. 뿐만 아니라 사람을 태우지 않은 말들도 사람보다 더 거친 숨소리를 내고 있었다.

한 발 한 발 오르다 보니 역시 못 오를 산은 없었다. 드디어 5,600m 정상에 올랐다. 카일라스 순례길 중에 최고 정점이었다. 정상에는 역시 룽다가 바람에 날리고 있었다. 그 누구의 것도 아닌 채 스스로 시작된 바람은, 산보다 높은 사람의 마음을 넘어 부처님의 말씀이 촘촘히 적힌 깃발을 흔들고 다시 남쪽으로 몰려갔다. 휘휘 소리를 내며 자꾸만 몰려가는 바람 앞에서 순례자들은 엄숙하게 두 손을 모았다. 다른 산에 가려 카일라스는 보이지 않았지만 눈에 보이는 것만 우러를 수 있는 것은 아니었다. 최고의 정점에서 그토록 알현하고 싶어했던 카일라스를 볼 수 없는 것은, 일생을 품은 희망도 비워야 할 것이 있다는 것을 일깨워주는 자연의 가르침일지도 모른다는 생각이 들었다.

붉은 실을 머리에 장식한 티베트 청년이 옷매무새를 가다듬고는 머리에 올린 실도 풀어헤쳤다가 정갈하게 다시 정리했다. 청년은 보이지도 않는 카일라스를 향해서 오체투지로 절을 올렸다. 청년의 손이 하늘 위로 올라갔다가 입과 가슴으로 내려진 후, 고르지도 않은 바닥에 엎드리는 순간에는 내 가슴에 잠시 적막이 감돌았다. 청년은 그렇게 세 번 바닥에 몸을 엎드렸다. 절을 마친 청년은 커다란 플라스틱 드럼통을 등에 지고 산을 내려가기 시작했다. 몇 명의 일행이 비슷한 짐들을 지고 뒤를 따랐다.

카일라스 코라에 오르는 사람은 세 가지 부류가 있다. 깨달음에 대한 열망으로 길을 나선 순례자와, 돈을 벌기 위해 순례자들의 먹을거리와 짐을 짊어진 사람들, 그리고 여행자. 신에 대한 숭배와 먹고 살아야 하는 삶의 무게 중에서 저울이 어느 쪽으로 기울지는 알 수 없는 일이다. 그러나 아주 잠시, 맨몸으로 오르기도 버거운 카일라스에 엄청난 짐을 지고 오르는 일이 순례보다 힘든 일일지도 모른다는 생각을 했다.

인도인 순례자들의 짐을 짊어진 그들의 발걸음은 가벼워 보였다. 이제부터 내리막길이기 때문이다. 앞장 선 남자가 노래를 부르기 시작했다. 애절한 남자의 노래는 가성과 육성이 혼합되어 있었고 높은 옥타브의 음성은 몇 개의 산이라도 넘을 듯싶었다. 노래는 경쾌했지만 노동가처럼 슬픈 구석이 있었다. 앞 선 남자가 선창을 떼면 뒤따르는 남자들이 일제히 그 노래를 받아 불렀다. 그들의

음성은 깊고 맑았으며 화음 또한 훌륭했다. 나는 눈밭을 걸어가는 그들의 뒷모습을 보면서 사람보다 슬픈 노래도 있다는 생각을 했다.

평생을 준비해서 카일라스에 올랐을지도 모르는 순례자, 자신의 순례가 아닌 다른 이의 순례를 위해 카일라스에 오르는 사람들. 여행자인 나는 그들 사이에서 잠시 방황하다가 자리를 털고 일어섰다. 그리고 텐진과 다른 일행에게 안녕을 고했다. 2박3일 일정의 카일라스 순례를 1박2일로 축소하기로 결정했기 때문이다. 서둘러서 하산을 하면 오늘 다르첸에 다다를 수 있을 것이고 남은 하루를 이용해서 우리 일정에 포함되지 않은 안쪽 코라를 돌아보고 싶었다.

남자들의 노래가 멀어지지 않도록 걸음을 재촉했다. 그래도 짐을 짊어진 그들보다 나의 걸음이 느렸다. 이해할 수 없는 일이었다. 더욱이 갑자기 나타난 설사 증세 때문에 나는 커다란 바위 뒤로 숨어야 했고 그 사이 남자들은 완전히 사라졌다.

5,100여 미터까지 내려왔을 때 세상은 새로운 모습으로 변해 있었다. 눈 덮인 협곡의 산들도 하나같이 뾰족한 모양들이어서 경이로웠고 낮은 각도로 흐르는 물줄기 주변에는 온통 뽀송뽀송한 풀들이 자라고 있었다. 카펫보다도 더 폭신했던 초원에는 야크들이 방목되어 있었고 물줄기도 그렇게 맑을 수가 없었다. 나는 카메라와 배낭을 내리고 초지 위에 누웠다. 다르첸까지 갈 길이 바쁘기는 했지만 카일라스의 하늘을 감상하는 것도 놓쳐서는 안 될 일 같았다. 모자로 햇빛을 가린 채, 그 많던 구름이 흔적도 없이 사라진 깊은 하늘을 보고 있자니 카일라스와 내가 은밀하게 내통하고 있는 것 같은 착각이 들었다.

다시 길을 걸었다. 미련이 있었지만 나는 또 내 길을 가야 했다. 2시 35분경 마주 오는 텐진을 만났다. 인도인 단체 순례자들 때문에 어제처럼 숙소가 만원이 될지도 모른다며 정상에서 나를 앞질러 하산했었다. 그런 텐진이 예약을 마치고 일행을 만나기 위해 되돌아가고 있었던 것이다. 나는 텐진에게 '야채볶음밥'과 '감자덮밥'을 티베트어로 적어달라고 했다. 그리고 하루 빨리 내려온 나를 보고 어리둥절할 파쌍을 위해서 '나만 먼저 하루 일찍 하산했다'는 메모도 부탁했다. 식당도, 파쌍도 영어가 전혀 통하지 않았기 때문이다.

4시경 다른 일행들이 묵을 예정인 사원에 도착했다. 텐진이 얼마나 빠르게 하산했던 것인지 알 수 있었다. 그곳에서 과자와 빵으로 요기를 하고 곧바로 다르첸으로 향했다. 그리고 멀리서 오체투지로 길을 가는 모자를 보았다. 겨우 스무 살이 넘었을 것 같은 아들이 앞장섰고 늙은 노모가 뒤를 따랐다. 어머니는 오체투지에 여념이 없는데 젊은 아들은 바닥에서 몸을 일으킬 때마다 나를 바라보았다. 호기심인지 경계심인지 도저히 구분이 되지 않았다. 그러나 그가 나보다 나의 카메라를 더 자주 바라보고 있다는 것을 깨닫고는 그들을 외면하고 서둘러 내 길을 갔다. 그것이 호기심이든 경계심이든, 일생에 한 번뿐일지도 모르는 카일라스의 오체투지 순례가 나로 인해 방해되어서는 안 된다고 생각했기 때문이다.

하지만 두 시간 정도 더 걸었을 때 또 다른 오체투지 순례자를 만났다. 모녀지간으로 보이는 두 여인이었다. 그 옆을 지나던 할머니와 젊은 여인이 비닐봉지에서 뭔가를 꺼내 그들에게 건넸고 그들은 잠시 바위에 걸터앉아 함께 휴식을 취했다. 약간의 음식을 먹는 것도 같았고 할머니와 젊은 여인이 물을 건네주기도 했다. 잠시 후 할머니와 젊은 여인이 떠나고 그들은 다시 오체투지를 시작

했다. 나는 이 모든 풍경을 멀리서 바라보았다. 그들이 산허리를 돌아서려 할 때 그들을 배경으로 멀리 하얀 설산이 보였다. 해는 따가웠지만 다행히 등 뒤에서 바람이 불어주었다.

그들이 산허리를 돌아서 사라진 후, 나는 미행이라도 하듯 그들을 뒤쫓았다. 그리고 그들에게 다가가 잘 차려진 한 끼의 식사를 할 수 있을 정도의 돈을 보시했다. 오체투지의 필수품이라고 할 수 있는 가죽 앞치마에 얼마간의 돈을 넣어주면서 비로소 오체투지 순례자에게 이렇게 가깝게 다가선 것이 처음이란 것을 깨달았다. 그들 얼굴이 그토록 처연할 줄은 미처 몰랐다. 얼굴은 흙먼지로 인해 이루 말할 수 없을 정도로 엉망이었고 땀방울이 얼굴 이곳저곳을 타고 흐르며 고단한 흔적들을 남기고 있었다. 그들은 합장하며 고마움을 표시했고 나 역시 합장하며 고개를 숙였다. 그리고 환하게 웃는 그들 눈가에서 흘러내린 한 줄기 흔적을 보았다.

나는 그 모든 것을 외면하고 등을 돌려 내 길을 걸었다. 하지만 나는 이미 울고 있었고 자꾸만 흘러내리는 눈물을 주체할 수 없었다. 내 눈물의 의미와 연유는 알 수 없었지만 그래도 그들에게 눈물을 들키지 않은 것만으로도 다행이라고 생각했다. 뒤를 돌아보지 않고 씩씩하게 걸었다. 그들을 보았다가는 끝내 꺼억 꺼억 소리 내며 울어버릴 것 같았기 때문이다. 카일라스는 분명 걸어서 넘기에도 힘든 길이다. 사진을 찍고 나면 잠시 멈추었던 호흡 때문에 몇 번이고 깊은 심호흡을 해야 할 정도로 버거운 길이다. 그런 순례길을 넘는 사람 중에는 내가 생각지 못했던 또 하나의 부류가 있었다. 오체투지로 산을 넘는 사람들.

그래, 그렇게 온몸을 던져라. 잘난 세상 비웃으며 몸을 던져라. 부디, 잘난 세

상에 눈뜨지 말고 오늘처럼 내일을 살아라. 멀리 또 다른 산허리가 보였다. 그곳을 돌아서면 아마도 다르첸이 보일 것이다. 손등으로 쓰윽 눈물을 훔치며 생각했다. 그들도 바닥에 몸을 던지는 이유가 있을 터이니, 내가 다르첸에 도착하는 것처럼 그들도 그 목적지에 무사히 도착하기를 바랐다. 그래서 이 긍휼한 세상에 작은 동화 하나로 남아주었으면 좋겠다.

모든 것이 허망하더라도_카일라스 순례길

마을 밖 개울가에 도착했을 때 세차를 마치고 풀밭에서 쉬고 있는 파쌍을 만났다. 나를 발견한 파쌍은 어리둥절한 얼굴로 멀리 내 등 뒤 동구 밖부터 살폈다. 파쌍은 내가 자리에 앉자마자 개울가에 담겨 있던 차가운 캔 음료를 건네주었다. 차가운 음료로 타는 목을 축인 후 텐진이 적어준 메모를 보여주자 엄지손가락을 펴 보였다.

열두 시간이 넘는 산행이었고 정상부터는 줄곧 혼자였다. 나는 내가 걸어온 코라의 끝자락을 바라보았다. 나는 무슨 의미로 그곳을 걸어온 것일까. 고단한 하루였지만 아직 질문은 끝나지 않았고 답도 찾지 못했다.

다음 날 오전, 안쪽 코라를 오르기 시작했다. 두 시간 만에 도착한 사원은 약간 생소한 양식이 포함되어 있었지만 카일라스 코라 중에서 가장 큰 규모였다. 사원의 왼쪽 길로 접어들었다. 그리 오래 걷지 않아서 두 아들을 동반한 남자가

내려오고 있었다. 큰아들이 제법 장성한 것을 보면 어린아이는 아들이 아니고 순자일지도 모른다는 생각이 들었다. 나와 인사를 나누고 지나가면서 아버지가 어린 아들의 목말을 태웠다. 내가 높은 언덕에 오른 후 뒤를 돌아보았을 때, 아직 사원에 다다르지 못한 그들이 오로지 두 개의 점으로만 보였던 것은 여전히 아버지가 어린 아들을 목말 태우고 있었기 때문일 것이다.

카일라스가 보이기 시작한 곳은 그쯤부터였다. 하지만 그것은 아주 잠시였고 약 한 시간 반 정도를 더 걷고서야 맑은 물이 흐르는 개울을 만났고 개울의 상류 꼭짓점 끝에 카일라스가 다시 보였다. 개울의 상류와 카일라스가 절묘하게 맞닿아 있는 형국이어서 개울은 마치 카일라스에서 곧바로 흘러내려온 것처럼 보였다.

개울 건너에는 달 표면에 홀로 세워진 요새처럼, 거칠고 쓸쓸한 사원 하나가 자리하고 있었다. 마당에는 검은 개 한 마리가 졸고 있었고 출입구에는 제주의 정낭처럼 나무 기둥 하나가 가로 놓여 있었다. 빈집일 것이라 생각했지만 몇 번을 부르자 늙은 노인이 밖으로 나왔다. 그는 말없이 나를 안으로 들였고 손님을 접대하듯 자신의 방으로 안내했다. 하지만 나는 손가락으로 2층을 가리켰다. 2층에는 작은 법당이 있었고 그곳에서 나는 다시 작은 불 하나를 밝혔다. 내가 알고 있는 모든 사람들을 위한 등잔이었다. 등잔에 불을 밝히는 동안 노인은 옆에서 염불을 외워주었고 나는 또 다시 느릿느릿한 평온함에 빠져들었다.

아래층으로 내려온 후 노인은 나를 다시 자신의 방으로 안내했다. 전기가 없는 그의 방은 창문으로 들어오는 빛이 유일했다. 한 사람이 겨우 누울 수 있는 침상과 책 하나를 펴놓기에도 비좁은 책상. 밖으로 나갔던 노인은 보온병에 따

뜻한 물을 담아왔다. 노인은 내 앞에 찻잔을 내려놓고 따뜻한 물 한 잔을 따라 주었다. 그 흔한 버터차는커녕, 마른 잎 몇 장 띄우면 그만인 재스민차도 아닌 따뜻한 맹물이라니. 나는 그 소박함이 너무 귀하게 여겨져서 두 손으로 찻잔을 들고 한 모금씩 나누어 마셨다. 우리는 아무 말도 하지 않았다. 내가 티베트어를 모르듯, 그도 영어를 모르기 때문이었다. 그러나 하나도 불편하지 않았다. 이상한 일이었다. 같은 방에 앉아서 한 마디도 주고받지 않아도 전혀 불편하지 않다는 사실이 신기할 뿐이었다.

노인은 책상을 더듬어 안경을 찾아 쓰고는 격자창으로 들어오는 빛에 기대어 경전을 읽기 시작했다. 나는 따뜻한 물 한 잔에 대한 보답으로, 점심으로 챙겨 간 카스텔라와 사과 하나를 내밀었다. 처음 카스텔라를 꺼냈을 때는 손사래 치던 노인도 사과를 보고는 몇 번을 만지작거리더니 창가에 곱게 올려두었다. 그리고 다시 경전을 읽기 시작했다.

그곳을 나왔을 때 나는 시계를 보고 깜짝 놀랐다. 그저 10여 분 정도를 머문 것으로 생각했는데 무려 한 시간이 넘었기 때문이다. 그 긴 시간을 우리는 아무 말도 주고받지 않고 어떻게 함께 했던 것일까. 내가 그곳에 머문 시간이 10분이었을까, 아니면 한 시간이었을까. 혹시 그가 머무는 사원의 시간과 밖의 시간에는 물리적인 어떤 차이가 있는 것은 아니었을까. 사원 뒤 언덕으로 올라갔다. 그제야 그 작은 사원이, 사람이 다녀간 흔적 끝에 위치해 있다는 것을 알았다. 더 이상 갈 수 없는 순례길 마지막에 위치한 작은 사원. 그곳에서 낡은 창으로 들어오는 빛에 의지해 경전을 읽으며 살아가는 늙은 노인. 그가 평생 걸어온 길이 궁금했다. 어쩌면 나는 잠시 꿈을 꾸고 있었을 뿐, 내가 만났던 노인은 애초

부터 이 세상에 존재하는 사람이 아니었을지도 모른다는 생각이 들었다.

나는 그곳에서 카일라스에 좀더 가까이 가고 싶은 욕망을 느꼈다. 황량한 이 모든 산들은 카일라스를 원형으로 두르고 있는 병풍 같은 것에 불과할 뿐이며, 진정 카일라스는 움푹 파인 어느 대지에 뿌리를 두고 불쑥 솟아 있을 것 같았다. 나는 차가운 대지에 맞닿아 있는 카일라스의 뿌리를 확인하고 싶었다. 냉철하고 거대한 그 석벽을 잠시 어루만져보고 싶었다.

그래서 길도 없는 산을 오르기 시작했다. 어느 정상에 서자, 세상 대부분이 눈앞에 펼쳐졌고 첫날 돌았던 바깥쪽 코라도 아득히 시야에 들어왔다. 계속 산을 올랐다. 더 이상 오를 수 없을 것 같은 언덕과 바위가 나와도 기어올랐다. 한 시간이 지났을 때, 잠시 망설여졌다. 오르고 올라도 카일라스의 뿌리는 결코 나타나지 않을 것 같았기 때문이다. 그러나 그런 망설임이 무색할 정도로 나의 발걸음은 이미 다음 바위로 향하고 있었다. 저 바위 언덕 하나만 넘으면 될 것 같았다. 그러나 하나를 넘으면 다른 하나가 나타났고, 그것을 넘어도 또 다른 하나가 나타났다. 그렇게 두 시간이 넘도록 산을 올랐다. 길이 없었기 때문에 오로지 카일라스를 향한 직진이었다. 이제 길은 더욱 위험해졌다. 급경사였고 온통 건조한 흙이라 자꾸만 아래로 미끄러졌다. 나는 세상에서 너무 멀어졌고 이곳에서 내가 죽는다고 해도 아무도 나를 발견하지 못할 것이다. 세상에 혼자 존재하게 되었다는 공포심이 있었지만 아직 호기심은 멈추지 않았다. 그러나 세 시간이 되어갈 무렵, 어느 바위 언덕 하나를 넘고는 모든 것을 포기했다. 이전에는 보이지도 않던 거대한 돌산이 나타났기 때문이다. 그 많은 돌무더기와 바위 언덕 뒤에 그렇게 거대한 산이 숨어 있을 것이라고는 상상하지 못했다.

결국 카일라스와 세상의 경계를 보고 싶어했던 욕심은 버려야 했다. 나를 가로막고 있는 돌산 하나가 이렇게 거대하거늘, 막상 카일라스가 나타난다고 해도 내가 그것을 감당할 수 있을지 의문이었다. 산을 내려오기 시작했다. 내려오는 길은 산을 오를 때의 시간과 노력에 비하면 허무할 정도로 쉬웠다. 세상 모든 것이 이토록 허망한 것인지도 모르는 일이다. 그렇게 기를 쓰고 올라봐야 하늘 아래고, 내려오는 것은 또 순간이 아니던가.

　　이제 카일라스를 떠날 때가 되었지만 여전히 질문은 계속되고 있었고 나는 답을 찾지 못하고 있었다. 하지만 사원에 밝혔던 등잔과 카일라스를 오체투지로 넘던 순례자들, 그리고 내가 내민 사과를 창가에 올려두고 남은 경전을 읽어가던 노인은 오늘 내가 여기 있음을 행복하게 해주었다. 그래서 나는 그 모든 것들이 눈물겹도록 고마웠다. 세상은 여전히 알 수 없는 일들뿐이고 나는 또 가야 할 길이 남았다.

흰둥이 이야기

코라를 돌던 첫날의 이야기다. 마을을 출발할 무렵, 누군가를 향해 심하게 짖어대던 개떼들이 우리에게 몰려왔다. 워낙 덩치가 큰 개들이고 사납게 짖어대던 것을 보았기 때문에 은근히 경계를 했다. 그러나 우리에게 몰려온 개들의 행동은 의외로 순했고 잠시 우리와 함께 코라를 걷는 듯하더니 이내 뿔뿔이 흩어져 마을로 돌아갔다. 하지만 유일하게 남은 한 마리가 있었다. 하얀 털을 가진 잘생긴 놈이었다. 놈과의 인연은 그렇게 시작되었고 나는 놈을 '흰둥이'라고 불렀다. 조금 더 걸었을 때, 마치 우리를 기다리기라도 한 듯 멀찍이 앉아 있던 검은 개 한 마리가 우리 행렬의 뒤를 따랐다. 그러나 놈들은 내가 주는 과자도 먹지 않았고 일정한 거리를 유지한 채 좀처럼 가까이 다가오지 않았다.

우리가 조장터에 도착했을 때도 놈들은 우리와 함께 있었다. 우리는 조장터의 철망 울타리를 넘어서 밖으로 나왔지만 놈들은 그 울타리를 넘을 수 없었다. 울타리를 사이에 두고 우리를 따라오던 놈들은, 결국 울타리에 길이 막힌 지점에서 끙끙거리기 시작했다. 우리와 멀어지는 것 때문에 불안해하며 안절부절 못했던 것이다. 놈들이 밖으로 나올 수 있도록 철망을 들어주었다. 그러나 검은 놈만 빠져나왔고 여전히 경계심이 남은 흰둥이는 우리에게 가까이 오는 것 자체를 꺼려했다. 결국 흰둥이는 땅과 철망의 비좁은 틈이 있는 곳을 스스로 찾아내 밖으로 나왔다. 나는 이런 놈들에게 금방 반해버렸고 가능만 하다면 카일라스를 순례하는 동안 놈들과 함께 하고 싶었다.

내가 등잔을 공양했던 절벽 위의 사원에 도착했을 때였다. 흰둥이는 계단이 시작되는 입구에서 기다렸고 검은 놈은 우리를 따라 계단을 올랐다. 그러나 사원에 도착하기 전에 검은 놈은 어디론가 사라졌고 공양을 마치고 아래로 내려갔을 때는 흰둥이나 검은 놈 모두 보이지 않았다. 섭섭했지만 잊기로 하고 다시 코라를 걷기 시작했다. 하지만 흰둥이가 어느새 우리 뒤를 따르고 있었다.

이후 검은 놈은 보이지 않았지만 시간이 지나면서 흰둥이의 경계심은 서서히 풀리기 시작했다. 내가 주는 과자도 받아먹기 시작했고 쓰다듬어줘도 커다란 동요 없이 의젓한 모습을 보였다. 주인의 사랑에 호들갑을 떨지 않는 큰 개들의 특성을 그대로 간직하고 있었던 것이다. 이런 흰둥이의 모습은 잘 훈련된 개를 연상시켰고 오래도록 우리를 주인으로 섬긴 개의 행동과 전혀 다르지 않았다. 우리가 걸으면 함께 걸었고 우리가 쉴 때는 주변에 앉아서 함께 쉬었다. 우리가 천막 구멍가게에서 점심을 먹고 있었을 때도 천막 입구에 앉아 우리를 기다렸다. 검은 놈보다 늦게 마음의 문을 열었지만 의리를 지키듯 끝까지 우리를 따르고 있었던 것이다.

흰둥이는 우리가 첫날 묵었던 디라북까지 따라왔다. 그날 우리의 순례길은 도착 예정 시간을 두 시간이나 넘겼을 정도로 힘겨웠다. 거센 맞바람 때문이었다. 디라북에는 의외로 많은 개들이 있었지만 흰색 털을 갖고 있는 것은 흰둥이뿐이었다. 때문에 개들 무리 중에서 흰둥이를 찾아내는 것은 어려운 일이 아니었다. 그러나 미안하게도 그날 저녁 흰둥이의 저녁을 챙겨주지 못했다. 일정 수정 문제로 텐진과 약간의 설전이 있었고 그 와중에 저녁을 챙겨줄 경황이 없었던 것이다. 밤사이 밖에서는 개들이 사납게 짖어댔다. 서열을 가리거나 잠자리혹은 먹이를 두고 다툼을 벌이는 것 같기도 했지만 확인할 길은 없었다. 저녁을 챙겨주지 못한 것이 자꾸만 마음에 걸렸다. 열 시간에 가까운 순례길은 흰둥이에게도 분명 허기지는 일이었을 것이다.

다음 날 잠자리에서 일어났을 때 흰둥이부터 찾아보았지만 놈의 모습은 어디에도 없었다. 출발 시간이 되었지만 여전히 흰둥이의 모습은 보이지 않았다. 그래도 출발을 하고 나면 어딘가에 숨어 있던 놈이 뛰쳐나와 우리의 뒤를 따라올 것만 같았다. 그래서 산을 오르면서도 자꾸만 뒤를 돌아보았다. 그러나 흰둥이는 끝내 나타나지 않았다.

궁금했다. 밤사이 다르첸으로 돌아갔을 것으로 짐작되었지만 사실 그렇게 돌아가기에는 디라북에서 다르첸은 너무 먼 길이다. 더욱이 아무 것도 보이지 않는 한밤중의 산길은 흰둥이에게도 쉬운 길이 아닐 것이다. 때문에 나는 그런 상상을 했다. 어쩌면 흰둥이는 우리가 자고 있는 사이 제 혼자 카일라스 순례길을 넘어간 것인지도 모른다는 상상. 어쩌면 놈은 그 험한 길을 혼자서 넘어 순례자들의 고행을 스스로 체험하는 특별한 놈일지도 모를 일이다.

흰둥이, 보고 싶다.

토굴에서도 찬란함을 꿈꾸다

전날 다르첸에서 짜다^{Janda}로 오는 길에 우리의 차량은 두 번이나 위기를 겪었다. 다르첸을 벗어난 지 얼마 되지 않아 길을 막아선 강을 만난 것이다. 이미 트럭 한 대가 강 한가운데 멈춰 있었고 우리는 수심이 낮은 곳을 찾아 물속을 이리저리 움직이며 20여 분을 고생하고서야 강을 빠져나왔다. 그러나 두 번째 만난 강에서는 물길 한가운데서 시동이 꺼지고 말았다. 수심도 깊어서 실내 발판에 물이 스며들 정도였다. 다행히 다시 시동이 걸리기는 했지만 바퀴가 웅덩이에 빠져서 앞으로 나가지도 못했고 후진도 되지 않았다. 장시간을 헤맨 끝에 약간의 후진과 탄력을 이용해서 물 밖으로 빠져나오기는 했지만 긴장된 순간이었다.

짜다의 아침은 군인들의 구보와 구령 소리로 시작되고 있었다. 죽과 만두로 아침을 해결하고 20여 분 거리의 구게^{Guge} 왕국으로 향했다. 왕국 유적은 거대한 흙더미를 연상시키는 산 위에 남아 있었다. 말라버린 진흙 같은 산들은 구게 왕국뿐 아니라 짜다 지역 전체를 이루는 지형이었다. 이런 독특한 지형에 사람들은 토굴을 파고 살았다. 때문에 입구에서 보이는 구게 왕국은 벌집을 닮아 있었다. 낮은 지역에는 일반 백성들이 살았던 토굴이 밀집해 있고 중간에는 사원과 승방 등 종교적인 건축물이 배치되어 있으며 정상에 왕의 거처가 남아 있었다.

유적들은 때로 미로 같기도 했다. 길을 따라 가다보면 내가 예상하지 않은 전혀 엉뚱한 곳에 당도하고는 했다. 최고 정상에 자리한 하얀 건물의 여름 궁전은 매우 소박했지만 그곳에서 바라보는 전망만큼은 세상을 가진 자만이 누릴 수 있는 특권이었다. 구게 왕국을 다스렸던 왕들은 이곳에서 여름을 보내고 겨울에는 땅 속에 지어진 겨울 궁전에서 생활했다고 한다. 그러나 추위를 피하기 위한 겨울 궁전은 커다란 규모의 토굴에 불과했다.

구게 왕국의 꽃이라고 할 수 있는 것은 사원들이었다. 세련되고 컬러풀한 불교 벽화들은 너무도 정교했고 진흙으로 만든 후 채색된 불상들도 대담하고 힘이 넘쳐 보였다. 벽화와 불상이 남아 있는 사원은 총 네 개였다. 가슴이 뛸 정도로 충격적인 작품들 앞에서 나는 보지도 못한 고구려 벽화를 떠올렸다. 단언하건대 티베트에 이보다 탁월한 고미술 작품은 존재하지 않을 것이다. 그러나 너무 아쉬운 것은 문화혁명을 거치면서 온전한 사원이 하나도 남아 있지 않다는 것이었다. 모든 불상은 팔과 목이 잘려 있었고 벽화 역시 온전한 것 없이 곳곳에 파괴의 흔적이 남아 있었다. 문화혁명이 이 위대한 유적을 폐허로 만든 것이다.

나는 16세기 최고의 불교 미술 앞에서 사진 촬영의 강한 유혹을 떨쳐낼 수가 없었다. 그러나 플래시를 사용하지 않겠다는 약속에도 불구하고 안내인은 촬영

을 허가할 수 없다고 했다. 나는 카메라를 목에 걸고 오로지 감으로만 촬영을 시도했다. 바람직하지 않다는 것을 알고 있었지만 이곳의 모습을 몇 장만이라도 간직하고 싶었다.

9세기부터 약 700여 년을 번성하며 서부 티베트를 다스렸던 구게 왕국은 1635년 캐시미르^{파키스탄과 국경을 이루는 북인도 지역} 지역 라다크 군대의 침공을 받고 패망했다. 하지만 라다크 군대의 공격에도 불구하고 철옹성 같던 이곳만은 끝내 함락되지 않았다고 한다. 왕을 굴복시키지 못한 라다크 군대는 성 입구에서 매일같이 백성들의 목을 처단했고 잘린 목을 높은 곳에 내걸었다고 한다. 충성심 강했던 구게 왕국의 백성들은 죽음을 두려워하지 않고 기꺼이 나라와 왕을 위해 죽어갔지만 왕궁에서 그 모습을 지켜봐야 했던 왕은 괴로웠을 것이다. 결국 무고한 백성들의 죽음 앞에서 왕은 끝내 항복하고 말았고 수백 년 동안 서부 티베트를 지배하며 융성했던 구게 왕국은 그렇게 막을 내리고 말았다.

우리는 당시 목이 잘렸던 시체들이 근처 어느 동굴엔가 그대로 남아 있다는 정보를 갖고 있었다. 그러나 텐진은 그 동굴에 대해서 알지 못했다. 매표소 관리인에게 동굴의 진위 여부를 물었다. 사실 구게 왕국의 패망에 관한 이야기가 얼마큼의 역사적 진실성을 갖고 있는지도 알 수 없었지만, 그것이 진실이라고 해도 무려 사백 년이 지나도록 그 시체들이 남아 있다는 것도 믿기 힘든 일이었다. 그러나 관리인은 협곡을 따라 내려가다 보면 그 동굴을 만날 수 있다고 했다.

동굴은 협곡을 따라 5분 정도 내려간 곳에 위치해 있었다. 입구 높이가 2m 정도는 되어서 누군가의 도움 없이는 쉽게 올라가기도 힘든 곳이었다. 가까스

로 올라간 동굴에는 놀랍게도 목이 잘린 사체들이 즐비했다. 물론 앙상하게 뼈들만 남아 있었지만 신체의 구조를 그대로 갖고 있었다. 조금 안쪽으로 들어가 보고 싶은 욕심도 있었지만 동굴은 매우 비좁았고 사체들을 밟지 않고는 안쪽으로 들어가기도 불가능해서 엄두가 나지 않았다. 더욱이 사체가 썩어가면서 생성된 냄새는 내 몸까지도 부패시킬 것처럼 지독했다.

정보에 의하면 근처 어딘가에 두 개의 동굴이 더 있어야 했다. 이곳처럼 몸뚱이만 버려진 동굴과 두개골만 모아 놓은 또 하나의 동굴. 나머지 동굴은 끝내 찾아내지 못했지만 수북이 쌓인 뼈들이 진정 구게 왕국 백성들의 사체들이라면 신화 같은 구게 왕국의 이야기는 이것만으로도 충분히 증명되는 일이었다. 이미 나의 귓전에는 수백 년 전 이곳에 울려 퍼졌을 백성들의 절규가 자꾸만 되살아나고 있었고 비통하게 그 모습을 내려다보았을 왕의 참담함이 가슴에 와 닿고 있었기 때문이다.

독특한 지형에 적응하며 토굴을 파고 살면서도 찬란한 불교 미술을 간직했던 구게 왕국. 열여섯 명의 왕들이 재임하며 번성했지만 끝내 슬픈 역사로 마감하고 말았던 이 왕국은 얼마나 더 많은 이야기들을 간직하고 있을까. 세상에는 여전히 알려지지 않은 수많은 이야기들이 존재할 것이고, 그 이야기들 속에는 지구상의 모든 언어들을 합한 것보다도 많은 굴곡이 숨어 있을 것이다. 일일이 헤아리지 못한 과거와 주인도 없이 떠돌다 깊은 땅 속으로 사라진 이야기들. 다시는 떠오르지 못하고 영원히 낮은 곳에 숨겨진 사연들을 생각하며 나는 남은 협곡을 내려가기 시작했다.

자전거로 넘는 히말라야

구게 왕국 입구에서 매표를 하고 있을 때였다. 저만치 멀리에서 자전거 한 대가 달려오고 있었다. 자전거가 점점 가까워지면서 그가 다르첸에서 만났던 칠레 친구라는 것을 알게 되었다. 절묘한 타이밍이었다. 우리가 다르첸에 도착한 날, 식당에서 그를 만났다. 그는 자전거를 타고 동에서 서로 티베트를 가로지르고 있는 중이었다. 우리가 카일라스 순례를 떠나던 아침에 그는 자전거로 구게 왕국을 향해서 출발했다. 그날 아침 동네 개들이 모두 뛰쳐나와 그의 자전거를 따라가며 짖어댔었다. 사납게 따라가는 개들에게 겁먹지 않고 초연하게 페달을 돌리던 그의 뒷모습이 무척 인상적이었다. 우리의 다음 목적지 역시 구게 왕국이었지만 우리는 카일라스 순례를 마치고 가야 하니 닷새 후에나 도착할 예정이었다. 그러나 그는 자전거로 가야 하는 시간을 계산하면 우리와 엇비슷하게 도착할 것이라고 말했었다. 그 예상이 적중한 것이다.

그는 매점에서 콜라부터 찾았다. 다르첸에서 구게 왕국까지 오면서 그랜드캐

니언을 열 개는 넘는 느낌이었다고 했다. 우리가 넘어왔던 수많은 산과 고개들을 생각하면 과장이 아니었다. 그는 무척 지쳐 있었지만 그래도 경치가 너무 아름다웠다며 뿌듯한 표정이었다.

사실 라싸에서 이곳까지 오면서 몇몇 자전거 여행자들을 보았었다. 분명 티베트를 자전거로 여행하는 것은 쉬운 일이 아니다. 그렇지 않아도 산소가 희박한 상황에서 끊임없이 산을 넘어야 하기 때문이다. 하지만 나는 그들을 볼 때마다 당장이라도 차에서 내려 그들과 함께 달리고 싶은 심정이었다. 온몸으로 티베트의 지형을 감당해야 하는 자전거 여행은 나의 가슴에 오래도록 간직해온 꿈이었기 때문이다.

그가 콜라와 빵으로 요기를 마친 후 우리는 구게 왕국으로 함께 들어갔다. 토굴 구석구석을 돌아보며 여름 궁전까지 올라갔다. 그러나 정상의 어느 미로에서 우리는 헤어지고 말았다. 정상 인근의 폐허들은 길을 잃기에 적당한 구조를 갖고 있었고 내가 그곳에서 한참의 시간을 보낼 때까지도 우리는 다시 만나지 못했다.

드넓은 시야를 만끽하며 정상 어디쯤에서 잠시 휴식을 취하고 있을 때였다. 아주 멀리서 점 하나가 움직이고 있었다. 점은 조금씩 멀어지고 있었고 웅장한 자연 앞에서 겸손함을 체득하려는 수행자처럼 보였다. 그 사이 산을 내려가 외로운 점이 되어 멀어지는 칠레 친구를 보면서 나는 잠시 아득함을 느꼈다. 먼 길을 떠나는 친구에게 잘 가라는 인사도 못하고 작별을 하게 된 것 같아 자꾸만 쓸쓸해졌다.

이곳까지 오면서 보았던 몇몇 자전거 여행자들을 생각했다. 검게 그을린 얼굴

로 힘겹게 산을 넘는 그들의 모습은 삶의 개척자와 다름없었다. 때문에 그들을 먼지 속에 묻으며 추월할 때마다 나는 창문을 열고 파이팅을 외쳐주었다. 하지만 내가 내민 엄지손가락은 어쩌면 내 스스로에 대한 다짐이었는지도 모른다. 다음에 이 길을 달려야 할 사람은 바로 나여야 한다는 굳은 맹세 같은 것. 나는 아득한 점 하나가 협곡을 넘어 사라질 때까지 몇 번이고 가슴에 손을 얹었다.

안녕, 친구.

에바 트러블

오늘 우리는 남루^{Namru}를 거쳐 모인서^{Moincer}까지 가게 되어 있었다. 그러나 에바가 새로운 코스를 제안했다. 남루로 향하다가 약 42km 지점에서 다른 길을 이용하는 것이 어떻겠냐는 의견이었다. 그러나 텐진이 파쌍에게 그 길에 대해서 물었을 때 파쌍은 남루로 향하는 길을 모른다며 왔던 길로 되돌아가자고 했다. 이 부분에서 에바는 격분에 가까운 화를 냈다. 그리고 자신이 새롭게 제안했던 길은 없던 것으로 하고 애초의 코스대로 움직이자고 요구했다. 파쌍은 왔던 길을 이용하면 80km 정도지만 남루로 돌아가면 240km나 되는 거리라고 했다. 결국 길을 모른다는 것은 장거리 운전을 피해보려던 핑계였다.

사실 에바가 새롭게 제안한 길은 남루로 돌아가는 코스에 비하면 훨씬 가까운 길이었다. 그래도 파쌍은 모르는 길을 어떻게 가느냐고 끝까지 우겼고 에바는 일정표대로 움직이지 않으면 환불을 요구하겠다고 했다. 나이 어린 텐진은 파쌍을 설득하지 못했고 어쩔 수 없이 라싸로 전화를 하게 되었다. 결국, 무조

건 남루로 가라는 지시를 받은 파쌍이 꼬리를 내렸다. 당연한 일이었다. 일정표
는 계약의 일부였고 좀더 다양한 풍경을 보기 위해 만든 코스였다. 여행자에게
는 유적지나 성지뿐 아니라 아직 가지 않은 길을 달리는 것도 여행의 일부분이
고 풍경이 아름다운 티베트에서는 더욱 그랬다.

　하지만 이후 에바는 이해할 수 없을 정도로 고집스런 일들을 요구했다. 마음
에 드는 길이 나오면 5분 정도를 걷겠다는 것이었다. 물론 그것 또한 우리들의
계획이었고 아름다운 길을 걷는 것은 사진에 욕심을 갖고 있는 나에게 더 절실
한 일이었다. 그러나 에바는 10분이 멀다하고 차를 세워달라고 했다. 매우 의도
적인 요구였고 파쌍 또한 그런 에바가 얄미웠는지 에바가 차를 타려고 할 때는
일부러 더 먼 곳에서 차를 세우고는 했다.

　이날 남루로 향하는 길은 5,000m가 넘는 산을 두 개나 넘어야 할 정도로 험
했다. 그러나 여전히 걷기를 멈추지 않는 에바에게 나 역시 지쳐갔고 오후 2시
가 되어갈 무렵 에바에게 양해를 구했다.

　"에바, 우리는 지금 너무 배가 고파. 남루까지만 걷기를 멈추면 어떨까? 남루
에서 점심을 먹은 후 다시 걸으면 되잖아."

　에바의 대답은 너무도 단호했다.

　"No!!! 나에게 간식거리가 있으니까 그걸 줄게."

　"그건 식사가 아니잖아."

　"그래도 배고픔은 잊을 수 있을 거야. 에너지 보충도 될 거고."

　에바는 여전히 수시로 걸었고, 걷다가 차에 탈 때는 '오~ 너무 아름다워' 그
렇게 말하고는 했다. 분명 우리 모두의 불편한 시선을 느꼈을 텐데도 태연하게

오버하는 그녀는 보통 여자가 아니었다. 우리는 에바의 고집 때문에 오후 4시에 남루에 도착했고 늦은 점심을 먹었다. 그리고 모인서에 도착한 시간은 저녁 9시였다.

사실 에바의 불만은 여행 초기부터 시작되었었다. 우리의 차가 너무 낡고 느리다는 것이 이유였다. 마치 트랙터 같다고 했다. 물론 우리의 차량은 18년이나 된 낡은 차였고 에어컨이 없어서 늘 창문을 열고 다녀야 했다. 하지만 이 모든 것은 우리가 선택한 것이었다. 차량의 종류에 따라 투어 비용이 달랐고 인원이 세 명이었으니 우리는 좀더 저렴한 차량이 필요했던 것이다. 그러나 에바는 스스로 내렸던 결정은 아랑곳하지 않고 낡고 느리다는 것에만 불만을 갖고 있었다.

모인서 이후 에바의 오버는 도를 더해갔다. 수시로 걷는 것은 말할 것도 없고, 자신의 몸이 너무 흔들려서 그 충격으로 온몸이 부들부들 떨린다고 했다. 그렇게 말할 때는 실제로 에바의 손에 경련이 일고 있었다. 그러나 그것은 차가 흔들려서가 아니고 스스로도 어쩌지 못하는 분개함에서 나온 흥분이었다.

이런 날도 있었다. 고원을 달리고 있을 때 맞은편에서 달려오던 경찰차가 우리의 차량을 세웠다. 이전에 내가 경찰차를 보았던가, 라는 의문이 먼저 들었을 정도로 고원에서의 경찰차는 매우 이례적인 일이었다. 두 명의 경찰이 각각 조수석과 운전석 쪽으로 걸어왔다. 이때 조수석에 탑승했던 에바가 최고의 코미디를 보여주었다. 경찰이 자신의 창문 쪽으로 다가오자 에바는 이렇게 말했다.

"미안해요. 제 자리에 안전벨트가 없어요. 기사도 안전벨트가 없고요. 한번만 봐주세요."

에바는 사정하듯 미안하다고 말했지만 그것은 자진신고와 다름없었다. 그러나 에바가 안전벨트를 착용하는 자세까지 보여주었지만 영어에 겁먹은 경찰은 에바가 열려는 문까지 닫아버리며 서둘러 적재함을 살피러 뒤쪽으로 갔다.

사실 우리의 차량에 안전벨트가 없었던 것은 아니다. 안전벨트를 끼울 수 있는 고리가 고장 났기 때문에 검문소를 통과할 때마다 안전벨트를 착용한 것처럼 보이기 위해 안전벨트 고리를 살짝 깔고 앉고는 했었다. 에바는 그런 약점을 이용해 화풀이를 하려던 것이었지만 경찰이 영어를 이해하지 못한 것이다.

이 사건 이후 더욱 외톨이가 된 에바는 주체할 수 없는 분노를 내부에 쌓아갔다. 이제부터는 걷는 것이 아니라 쉬어야 한다고 했다. 요동이 심한 차량에서 받는 충격 때문에 쉬지 않으면 자신의 몸이 위태롭다고 했다. 모든 것이 억지스러웠지만 아프다는 핑계 때문에 그녀가 요구하는 곳이면 어디든 정차해야 했다. 사실 에바의 이런 고집은 병적이었다.

결국 라체에서 가장 큰 문제가 발생했다. 우리의 일정표 중에 유일하게 그날 기착지가 정해지지 않은 날이었다. 일정표에 '라체 or 시가체'라고 적혀 있었던 것이다. 에바는 낡은 차에 너무 오래 탑승했기 때문에 시가체까지 가는 것은 불가능한 일이라고 했고 나는 다음 날의 일정을 고려해서 시가체까지 가기를 요구했다. 라체에 도착한 시간이 점심시간이었기 때문에 우리는 당연히 시가체까지 갔어야 했던 것은 물론이거니와 그동안 에바가 보였던 독선적인 고집 때문에 전혀 양보하고 싶은 생각이 없었다. 결국 주태 형과 내가 시가체를 원하고 있으니 다수결의 원칙에 의해서 시가체까지 가야 한다는 주장에는 에바도 할말이 없었다.

"그럼, 너희들끼리 가. 나는 라체에 남을 거야."

텐진도 에바가 남는 것에는 관심이 없었다. 단지 책임 문제 때문에 라싸 여행사와 통화를 하자고 했다. 결국 에바와 텐진은 라싸 여행사와 통화를 한 후, 라체 이후 발생할 수 있는 문제에 대해서는 어떠한 책임도 묻지 않는다는 조건으로 혼자 남게 되었다.

에바의 짐들을 내려준 후 함께 점심을 먹었다. 물론 우리 중에 누구의 마음도 편할 수는 없었다. 먹는 것이 밥인지 모래알인지 구분이 되지 않았다. 한편 그녀가 안쓰럽기도 했다. 자신의 뜻이 관철되지 않으면 견디지 못하는 이기심 때문에 스스로 상처를 만들어가던 그녀. 점심을 먹는 사이에 어떤 심경 변화가 있었는지 떠나기 직전 나를 불렀다.

"라싸에 돌아가면 여행사 매니저에게 전해줘. 우리의 여행은 매우 훌륭했고 텐진에게는 아무런 불만이 없었다고. 단지 차량이 너무 낡았고 파쌍이 마음에 들지 않았을 뿐이야. 나 때문에 여행이 망친 것 같아서 정말 미안해."

무거운 마음으로 에바와 이별하고 라체를 떠났다. 그러나 나는 텐진과 파쌍에게 거짓말을 했다. 뿐만 아니라 라싸의 여행사 매니저에게도 진실은 말하지 못했다.

에바가 미안하다고 전해 달랬어. 불필요한 고집을 피웠던 것 같다고. 그리고 우리의 여행은 너무 행복했었고 텐진과 파쌍에게도 고맙다고 했어.

누군가의 열병

밤새 산 위에 내린 눈이 서리처럼 빛나고 있었다. 내려앉은 구름들은 일정한 선을 유지하며 산 중턱을 가로지르고 있었고, 넓은 초원의 유목민 텐트 하나는 바다 한가운데 떠 있는 섬과도 같았다. 아직 마나살로바^{Manasarova} 호수는 보이지 않았지만 우리의 마지막 성지가 될 그곳을 향해서 우리는 초원의 곁길을 달렸다.

유리창 너머로 호수와 사원이 내려다보이는 숙소에 방을 잡았다. 허술하고 낡았지만 숙소는 마을에서 가장 높은 곳에 위치해 있었다. 아니다. 언덕 위에는 이 집이 유일했다. 침대에 앉아 창밖을 바라보고 있으니 모든 것이 고즈넉하기만 했다.

오후가 되어서야 산책을 나갔다. 사원으로 이어지는 길 옆 작은 집에서 두 남자가 작업을 하고 있었다. 노인은 돌판에 경구를 새기고 있었고 좀더 젊은 남자는 손바닥 크기의 성물들을 진흙으로 찍어내고 있었다. 꺼풀을 벗기듯, 돌판의

표면을 골라낸 후 그 자리에 경구를 새겨 넣는 노인의 손은 바위보다 거칠었다. 돌가루가 뿌옇게 묻어버린 그의 커다란 안경 역시 아무리 문질러도 닦이지 않을 것처럼 낡은 모습이었다.

사원으로 향하던 발걸음을 호수로 돌렸다. 언덕 아래서 이유도 없이 나를 기다리던 아이는 손가락으로 호수를 가리키고는 이내 사라졌다. 호수는 카일라스와 쌍벽을 이루는 성지라는 것이 믿기지 않을 정도로 적막했다. 차를 팔던 여인이 이제 막 좌판을 접으려다 마지막 손님이 될지도 모르는 나를 보고는 잠시 망설이는 눈치였다. 무심히 지나치려 했으나 그녀와 눈이 마주치는 순간 우리는 머쓱하게 웃고 말았다. 그녀는 갑자기 멈춰버린 자신의 손이 어색했고 나는 애써 못 본 척하려던 억지를 들켜버렸기 때문이다. 내가 호수로 더 가까이 나아가고서야 그녀는 멈췄던 손길을 다시 놀리며 텅 빈 하루를 정리하기 시작했다.

호숫가는 진흙도 아니고 늪도 아니었다. 이를테면 물컹물컹한 풀밭 같았다. 이런 완충 지대는 제법 넓었고 물가로 가까이 갈수록 깊게 빠져들어서 신발이 엉망이 되고 말았다. 하늘이 여전히 흐린 가운데 인기척 없는 호수는 공허하기까지 했다. 요란했던 여름철 장사를 끝내고 모두 철수한 바닷가에서, 여전히 문을 닫지 못하고 오지도 않는 손님을 기다리는 가게 하나 정도가 남은 서해나 남해 어디쯤. 그날의 호수는 철 지난 바다를 닮아 있었다. 어쩌면 마나살로바는 모든 것이 헛되고 부질없다는 것을 가르치려는 조금 특별한 성지일지도 모른다는 생각이 들었다.

근처에서 맨 손으로 집을 짓는 사람들을 보았다. 인부는 세 명. 그들은 장갑도 없이 진흙을 비비고 벽을 쌓고 있었다. 냉난방 시설이 없으니 집 짓는 일이

용이하기는 하겠지만 과연 저렇게 해서 집이 완성될 수 있는 것인지 의심스러웠다. 기초 공사도 없이 쌓기 시작한 벽에는 이미 두 개의 문짝이 세워져 있었다. 내가 삐뚤어진 나무 문짝을 지적하자 남자 하나가 작은 돌을 괴어 균형을 맞추었다. 주변에는 호수 이외에 아무 것도 없으니 이 집이야말로 완성된다면 섬이 될 것 같았다.

때가 된 것을 아는지 호숫가에 방목된 두 마리의 당나귀가 집으로 향하기 시작했다. 나도 그제야 숙소로 발걸음을 옮겼다. 뾰족한 언덕에 세워진 사원 뒤편에 푸른 하늘이 살짝 엿보였고 짙은 구름이 그 뒤를 두르고 있었지만 모든 것은 조용하고 잠잠했다.

그날 밤 나는 심한 몸살을 앓았다. 침낭 위에 세 개의 솜이불을 덮고서도 고열로 인한 한기에 시달렸다. 텐진은 어디선가 구해온 천으로 이불이 흘러내리지 않도록 나의 온몸을 묶어주었다. 하지만 그런 조치는 마디마디가 썩어 들어가는 것처럼 쑤시고 아팠던 증상에 더 도움이 되었다. 최대한 옥죄어 달라고 부탁했고 팔다리가 강하게 묶이는 순간에는 통증이 완화되는 느낌이었다. 이 열병이 누구의 것인지 궁금했다. 곧 티베트를 떠나야 할 여행자의 것인지, 아니면 나를 보내야 하는 티베트의 것인지.

새벽녘, 더위 때문에 잠에서 깨어났다. 속옷과 점퍼는 물론이고 침낭까지 흥건하게 땀이 배어 있었다. 다행히 열이 내려간 것이다. 그리고 코앞의 촛불보다 더 영롱하게 빛나는 별들을 보았다. 사원의 실루엣을 배경으로 펼쳐진 별들은 빈자리도 없이 하늘을 가득 메우고 있었다. 금방이라도 방안으로 별들이 쏟아져 들어올 것처럼, 벽면을 다 차지한 유리창에 별천지가 펼쳐진 것이다. 젖은 옷을 벗고 속옷만 입은 채 다시 누웠지만 모든 것이 아쉬워 잠이 오지 않았다. 아무도 깨어나지 않은 이 새벽에 조우한 별들은 매우 은밀했고 온전히 나의 것이었다.

날이 밝았고 일행들이 안부를 물었다.

"두 개의 콧구멍 중에 하나는 막혔고 하나는 끊임없이 콧물이 흐르고 있어."

아침을 먹고 다시 호수로 나갔다. 호수에 손을 담그고 물의 질감을 살피듯 손가락을 비벼보았다. 물에도 감촉이 있었다. 그리고 서쪽으로 떠나는 세 명의 순례자를 보았다. 그들의 봇짐은 욕심을 비워낸 발걸음처럼 가벼웠다. 아침이면 이렇게 길을 떠나는 순례자가 있는 모양이었다. 호수를 순례하는 데 나흘이 걸린다고 했다.

텐진은 마나살로바를 떠나기 전, 호수의 물을 페트병에 담았고 호수에서 잡아 말린 물고기를 구입했다. 모두 성스럽게 여겨지는 것들이고 가족을 위한 선물이었다. 숙소 앞에서 파쌍이 차를 세워 놓고 대기하고 있었다. 배낭을 적재함에 실으면서 일행들이 다시 안부를 물었다.

"이제는 두 개의 콧구멍이 모두 막혀서 입으로 숨을 쉬어야 해. 만약 오늘 저녁 잠이 들면서 입을 다물게 된다면 나는 질식사를 하게 될 거야."

우리는 다시 길을 떠났다. 이제부터는 라싸를 향해 달리고 또 달리는 일만 남았고 라싸까지는 꼬박 사흘이 걸릴 것이다.

세상의 모든 꿈

비가 오고 있었다. 차창에 부딪힌 빗방울들이 바람에 밀려나갔고 저만치 앞에서는 마차 한 대가 마주오고 있었다. 당나귀가 이끄는 마차에는 비닐로 덮여진 불상이 실려 있었다. 새로 지어진 마을 사원에 봉안하기 위해 도시에서 옮겨오는 중이라고 했다. 몇 시간을 더 가야 하는지는 모르겠지만 그들의 길은 이미 일곱 시간째. 그래도 두 남자는 행복해 보였다.

안타깝게도 불상의 새끼손가락 하나가 부러져 있었다. 가부좌 무릎에 올린 오른손이었다. 가늘고 여린 손가락. 부러진 손가락을 보는 동안 자꾸만 내 손가락이 아릿해졌다. 친절했던 두 남자는 펼쳤던 비닐을 곱게 덮고는 다시 길을 가기 시작했다. 하늘이 검게 내려앉아 있었지만 정작 자신들은 아무 것도 덮지 않았다.

어느새 계절이 바뀌어 있었다. 이 여행을 시작할 때만 해도 풀들이 돋아나고는 있었지만 여전히 건조한 나날이었다. 그러나 강렬했던 해는 사라지고 티베

트는 이제 우기로 접어들었다. 대지는 늘 촉촉하게 젖어 있었고 틈틈이 푸른 하늘이 열리기는 했지만 무거운 구름이 낮게 내려앉은 날이 대부분이었다. 덕분에 세상은 더욱 풍부한 빛깔들을 갖게 되었다.

푸른색과 노란색이 겹겹이 물들어 있는 초원에서 양치기 소년들을 만날 때면 언제나 가슴이 두근거렸다. 어쩌다 내리는 비줌은 햇살 속에 그들이 서 있을 때는, 그들이 마치 그 빛줄기를 타고 하늘에서 내려온 것 같은 착각이 들었다. 한번은 두 명의 아이가 백여 마리의 양을 몰고 집으로 돌아가는 것을 보았었다. 하늘로 옷을 벗어던지며 소리를 질러대던 녀석들 뒤로 우기의 보랏빛 노을이 물들고 있었다. 그 모습이 너무 아름다워서 아이들 꽁무니를 줄줄 따라가며 남은 저녁을 보냈었다. 오래도록 그리워질 일이다.

라싸로 향하는 사흘 동안 무지개를 두 번이나 보았다.

"텐진, 꿈이 있니?"

"랩퍼요. 부처님의 말씀을 랩으로 전하는 가수가 되고 싶어요. 그냥 꿈이에요."

텐진은 이미 나의 MP3 플레이어를 두 번이나 빌려서 자신의 랩을 녹음했었다. 저녁이면 곡을 만들었고 낮에는 자신이 만든 랩을 가끔씩 중얼거렸다. 텐진에게도 구형 CD 플레이어가 있었지만 당연히 녹음이 되지 않는 것이었고 그나마 이어폰은 고장이 나서 한쪽이 들리지 않고 있었다.

"라싸에서 가장 나이 많은 가이드가 몇 살이야?"

"아마, 마흔 정도요!?"

"너의 나이는 스물이니 앞으로도 20년이 남았구나. 하고 싶은 일에 도전해

봐. 20년 후에 여전히 꿈이 이루어지지 않았다고 해도 돌아갈 곳은 있잖아. 그래봐야 네가 지금 알고 있는 마흔의 가이드가 되는 거야. 실패도 아니지. 하지만 반드시 이루어질 거야. 너에게는 꿈과 재능이 있으니까."

"정말 그럴까요?"

"세상에 이루지 못할 꿈은 없어."

진심이었다. 하지만 나는 너무 늦게 그것을 깨달았다. 이루지 못할 꿈이 없다는 것을 깨닫는 데 너무 많은 시간이 필요했던 것이다. 텐진만은 그러지 않기를 바랐다. 도전도 하기 전에 불가능을 먼저 염려하며 엄두도 내지 못하고 버려진 꿈들이 세상에는 얼마나 많았던가. 당당하지 못하고 초라하게 숨겨졌던 꿈들. 누구의 주목도 받지 못하고 낙담하는 꿈들이 있다면 그것처럼 서글픈 일이 또 있을까.

텐진은 그날 저녁 또 하나의 랩을 만들었고 다음 날은 나에게 그 랩을 들어봐 달라고 했었다. 그에게는 더 많은 격려와 용기가 필요했다.

"멋져. 특히 멜로디로 이어지는 부분이 너무 좋아."

실제로 텐진은 음악적 재능이 있어 보였다. 그의 랩은 거친 듯하면서도 제법 세련되었고 스스로 붙인 멜로디도 매우 감미로웠다. 내용은 모두 불심에 관한 것이라고 했는데 음악만 들어서는 여느 랩퍼의 랩과 전혀 다르지 않았다.

라싸에 가까워질수록 유채꽃들이 만발했다. 카일라스로 떠날 때와는 너무도 다른 모습이어서 내가 지나갔던 길이란 것이 믿기지 않을 정도였다. 계절의 끝자락은 짧은 시간에도 많은 것을 변화시켰다.

이제 나의 여행은 서서히 이별 준비가 필요했다. 그리워도 어쩔 수 없는 일이다. 이별은 차라리 불현듯 찾아오는 것이 나은 일이겠지만 헤어질 날이 정해져 있다고 해도 상관은 없다. 이루지 못할 꿈이 없는 것처럼, 견디지 못할 이별이 또 어디 있겠는가. 아쉬움과 미련은 어디에든 남는 것. 어디에서 멈추든 여행자의 길은 늘 아련하고 서글픈 것이다. 라싸가 점점 가까워지고 있었고 그만큼 이별도 가슴 가까이 다가오고 있었다.

"제가 랩퍼가 된다면 그것이야말로 제 인생의 무지개가 되겠네요."

나는 MP3 플레이어에서 이어폰을 빼내어 텐진의 CD 플레이어에 꽂아주었다. 그리고 수첩을 꺼내 이렇게 적었다.

날이 흐려도 세상은 더 찬란해졌구나.
그래, 이제 조금만 사랑하자.
내 사랑은 너무 흔했어.
안녕, 티베트.

후드득후드득 멈췄던 비가 다시 내리기 시작했고,
내 가슴에는 세 번째 무지개가 떠오르고 있었다.

열병 티베트 여행 에세이
© 박동식 2007

1판1쇄   2007년 11월 9일
1판2쇄   2008년 5월 10일

지은이   박동식
펴낸이   김정순
책임편집 심선영
펴낸곳   (주)북하우스
출판등록 1997년 9월 23일 제406-2003-055호

주소   413-756 경기도 파주시 교하읍 문발리 파주출판도시 513-8
전자메일 editor@bookhouse.co.kr
홈페이지 www.bookhouse.co.kr
전화번호 031-955-2555
팩스   031-955-3555

ISBN 978-89-5605-211-3 03810

이 도서의 국립중앙도서관 출판도서목록(CIP)은 e-CIP 홈페이지(http://www.nl.go.kr/cip.php)에서
이용하실 수 있습니다.(CIP제어번호:CIP2007003322)